職場日語即戰力

敬語、對話禮儀、辦公室會話

Live ABC

英語數位學習第一品牌

發 行 人	鄭俊琪
作 者	志方優、山上祥子
執行主編	何欣俞
責任編輯	李亞璇
編 輯	二瓶里美、阮宇璿
日文錄音	志方優、ミカ
特約演員	田所颯帝、村上優、馬場克樹、篠原龍馬、 片山侑、竹田宏生、Sally
藝術總監	李尚竹
美術編輯	李海瑄、曾薰虹
插 畫	彭仁謙
封面設計	曾薰虹
技術總監	李志純
程式設計	李志純、郭曉琪
介面設計	陳淑珍
執行製作	翁稚緹
點讀製作	翁稚緹
出版發行	希伯崙股份有限公司 105 台北市松山區八德路三段 32 號 12 樓 劃　　撥：1939-5400 電　　話：(02) 2578-7838 傳　　真：(02) 2578-5800 電子郵件：Service@LiveABC.com
法律顧問	朋博法律事務所
印　　刷	禹利電子分色有限公司
出版日期	2020 年 4 月　初版一刷

職場日語即戰力

即戰力

敬語、對話禮儀、辦公室會話

目錄

1 敬語の基礎
けい　ご　　き　そ

2 基本マナー
き　ほん

3 オフィスの仕事

作者介紹

しかた ゆう
志方優

現任
- 旭文文創科技股份有限公司 執行長
- 株式会社スプリングフィールド 專任講師
- 株式会社グローネス・コンサルティング
  プロフェッショナル・パートナー

出生於日本埼玉縣，2005 年開始在台灣生活，於企業
及大學之中，教授日語以及進行企業人才培訓。現負
責旭文日本語學院之營運，提供線上課程日語教學系
統。YouTube 頻道訂閱人數已超過十萬人。

  大家好，我是志方老師。相信正在閱讀這本書的各位，一定都想學好職場日語，而
且日語程度一定都在中級以上。該如何學好職場日語呢？在日本的商務環境中，該使用
什麼樣的對話呢？應該學習哪些單字及文法才好呢？這本書都可以為您解答！

  本書的情境會話中，使用了日本人常用的短句，您可以練習像是在日本公司的氛圍
中，該使用什麼樣的詞語才合乎禮節，又該如何禮貌地應對進退。練習時請務必唸出來，
雖然剛開始可能會不習慣，但不斷地反覆練習之後，您就會越唸越順口。

  此外，本書中也加入了許多 JLPT N3~N2 程度的單字及文法，如果您打算參加檢定
考試，請務必閱讀這本書，以增強您的字彙及文法能力。全書包含了 225 個新單字、
90 個常用文法以及許多容易理解的例句，能夠幫助您加深印象。除此之外，每單元皆
有職場日語小知識及專欄，為您介紹在日本工作時的實用基本禮儀和文化。或許會讓您
有一些意外的發現或驚訝之處也說不定。請您反覆地閱讀，並試著活用本書的內容。

  希望讀完本書之後，各位在職場上能更有自信、有效率地與日本人溝通。

やま がみ さち こ
山上祥子

資格認證
日本交涉協會認定 交涉分析者 1 級

出生於日本岡山縣，畢業於大阪產業大學經濟系經
濟學科。在音樂界從事媒體公關工作多年，其後進
入顧問公司擔任社長秘書，並且同時擔任公關企劃
製作的業務，以及負責大企業的內部培訓。

編輯室報告

增進自己的職場日語即戰力
商務場合時說日語再也不「卡卡」!

　　總是覺得職場日語很困難嗎?您並不孤單!其實,職場日語中的敬語和對話禮儀,對多數的日語學習者來說都是個難關。甚至對於日語母語者而言,流暢地使用正式職場日語也絕非易事。因此,編輯部特別編撰此本以「職場日語」為主題的專書,希望能藉此一掃讀者學習職場日語的煩惱。

　　本書涵蓋了初出茅廬的社會新鮮人需要的職場日語,從基礎敬語、基本禮儀到辦公室會碰上的大小事,採用輕鬆詼諧的情境會話,輔以真人影片教學,帶您身歷其境,學會最實用的職場日語。此外,每單元皆包含了職場日語小知識及專欄,幫助您有系統地學好日本的職場禮儀及潛規則,再也不必擔心犯錯或得罪客戶、上司,工作表現更出色。每單元的最後亦備有隨堂測驗,讓您可以小試身手,立刻檢視該單元的學習成果。

　　您可搭配電腦互動學習軟體觀看影片及下載 MP3 音檔,方便又快速;亦可使用點讀筆,隨時隨地聽讀所有會話、單字例句及補充知識之內容,讓您的學習效果事半功倍。

　　儘管職場中,語言能力的優劣無法代表一切,然而出色的語言能力,卻能夠讓您在眾人中脫穎而出,於求職或工作時更加順利。無論您是初學職場日語,或是想要增進自己的職場日語即戰力,編輯部希望能藉由本書,幫助您快速地掌握職場日語,進而在日系企業中如魚得水,無往不利。

《LiveABC 日語編輯部》謹上

詞性標示說明

【名】	⇒	名詞	【動 I 自】/【動 I 他】	⇒	動詞第 I 類自動詞 / 他動詞
【い形】	⇒	い形容詞 / 形容詞	【動 II 自】/【動 II 他】	⇒	動詞第 II 類自動詞 / 他動詞
【な形】	⇒	な形容詞 / 形容動詞	【動 III 自】/【動 III 他】	⇒	動詞第 III 類自動詞 / 他動詞
【副】	⇒	副詞			
【接】	⇒	接續詞			
【連語】	⇒	複合詞			
【連體】	⇒	連體詞			

如何使用本書

　　全書共分為三個章節—**基礎敬語、基本禮儀、辦公室大小事**，每章有五個單元。每單元包含三個情境會話，以及職場日語小知識和專欄。並且，每單元的最後備有小試身手的測驗題，可用於檢視學習成果。

扉頁　介紹該單元主題及內容，每單元包含三個情境會話、職場日語小知識、專欄、小試身手。全書共有十五個單元。

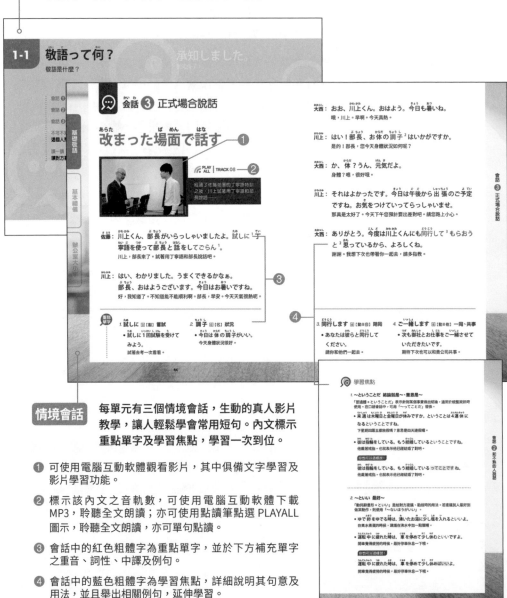

情境會話　每單元有三個情境會話，生動的真人影片教學，讓人輕鬆學會常用短句。內文標示重點單字及學習焦點，學習一次到位。

❶ 可使用電腦互動軟體觀看影片，其中俱備文字學習及影片學習功能。

❷ 標示該內文之音軌數，可使用電腦互動軟體下載MP3，聆聽全文朗讀；亦可使用點讀筆點選 PLAYALL 圖示，聆聽全文朗讀，亦可單句點讀。

❸ 會話中的紅色粗體字為重點單字，並於下方補充單字之重音、詞性、中譯及例句。

❹ 會話中的藍色粗體字為學習焦點，詳細說明其句意及用法，並且舉出相關例句，延伸學習。

職場日語小知識

補充該單元的相關內容以及職場中必備的
小知識，學習內容更豐富多元。

知っておくべき！　TRACK 04

この人は誰？相手が誰なのか知りたい時。
這個人是誰？想知道對方是誰的時候。

在會談中，川上不經意地使用了「貴id的部b業id是？」這種失禮的方式、詢問對方的身分。當對方詢問自己姓名的時候、直接詢問對方「是id？」，會被當成相當失禮。因此讓我們來學習使用敬語來詢問的正確方式吧。

情境　名前を知りたい外部の相手 (B) が近くにいる時
想知道姓名之外部人員 (B) 靠近自己近id的時候

想知道外部人員id姓名字時、比起直接id客觀對方 (A) 詢問的情況、不如id id對象 (B) id音更適id，不過對象 (B) id回答你若不會id失禮。

川上：鈴木さん、お客様のご紹介をお願いできませんか。
鈴木小姐，可以請您介紹一下這位客人嗎？

鈴木：こちら様は、王文コンサルティングの上野様です。
這位是王文顧問id上野先生。

川上：上野様、はじめまして。川上と申します。

職場日語專欄

補充該單元相關之日文閱讀及職場文化知識。除了日語能力以外，更加深日本職場文化素養。

読んでみよう！　TRACK 05

相手に好かれる話し方
讓對方喜愛的說話方式

在日本、必須特別注意談話的方式。這裡要為各位介紹對日本人而言、為了使人際關係(特別是對上下關係)更圓融、常使用的說話方式。

1. 口調に気をつけよう！
丁寧で優しい言葉遣いは基本です。また、あまり断定的な口語は好まれません。人にはそれぞれの価値観や考え方があるので、自分の考えを押し付けるような話し方は控えましょう。

禮貌和善的措辭是基本的。另外、過於肯定的語氣不大受歡迎。由於每個人各自不同的價值觀和思考方式、應避免強勢將自己的想法加諸在他人身上的說話方式。

2. はっきり、聞き取りやすく！
相手が聞き取りやすいように、特に発音に気をつけるといいでしょう。話すスピードはゆっくりでも構いません。

為了讓對方好聆聽、應特別注意發音的部分。說話速度慢一點也無妨。

3. 心地よい声のボリュームをキープしよう！
日本人はあまり大声で話すのを好みません。会話が盛り上がるのはいいことですが、ボリュームには少し注意しましょう。

日本人不喜歡說話大聲交談。談話熱烈是好事、但是音量要注意一下哦。

4. 優しい発音を心がけよう！
日本語には、息を大きく吐き出す音(有気音)がほとんどありません。そのため、発音は柔らかい音のほうが好まれます。

日語裡幾乎沒有大口吐氣(送氣音)的發音。正因如此、柔和的發音較受人喜愛。

5. 明るいトーンを出そう！
声のトーンを明るくすることは、誰にでもできる簡単な会話術です。少し高めに声を出すだけで、明るさを加えることができます。その時、笑顔も忘れないようにしましょう。

讓音調變亮是無論是誰都能做到的、簡單的談話技巧。只要稍微把音提高、便能加亮音色。這時也別忘記帶著笑容。

6. 会話のスピードは少しゆっくり！
日本人同士の会話はとても早口に聞こえるでしょうが、実はゆったりとした話し方のほうが好きを持たれます。焦らず、少しゆっくり話す練習をしましょう。

雖然日本人之間的對話聽起來讓超難通、但其實慢條斯理的說話方式更受人喜愛。不要急、練習用慢id說話就可以了。

小試身手

每單元最後備有選擇題，皆出自於該單元之會話、重點單字、學習焦點內容。可利用此試題檢視學習成果。

小テスト

請填入適當的答案。

1. 先方は車の渋滞のせいで３０分ほど____そうです。
① 遅刻して ② 遅刻する
③ 遅刻した ④ 遅刻したら

2. 彼らはこころの通い合った____友人である。
① 新しい ② 新しい
③ 親しい ④ 親しい

3. これからお二人で幸せな家庭を____ください。
① 築き ② 築く
③ 築いて ④ 築けて

4. 工事の音がうるさくて、私は仕事に____ことができない。
① 集中する ② 集中
③ 集中の ④ 集中した

5. 彼は壇上で市長に____を表し、深くお辞儀をした。
① 敬礼 ② 敬称
③ 敬意 ④ 敬業

6. 子供____、挨拶くらいはきちんとしたらどう。
① じゃあるまいし ② ではあるし
③ じゃあるまいが ④ ではあるまいと

7. ５０００円の３０％オフだから、３５００円____ですね。
① というより ② というもの
③ といえば ④ ということ

8. 車酔いするなら、バスに乗る前にこの薬を飲む____ですよ。
① ばいい ② たいい
③ といい ④ という

9. 週末は映画を見____、音楽を聞い____します。
① たら／たら ② たり／たり
③ つ／つ ④ とか／とか

10. ダイエットしたいので、私は明日から必ず階段を使う____。
① ようだ ② ようにした
③ ようになる ④ ようにする

9

點讀筆功能介紹

認識點讀筆

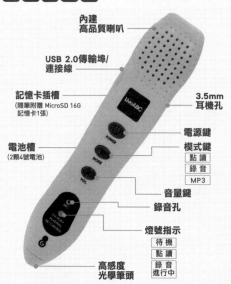

內建
高品質喇叭

USB 2.0傳輸埠/
連接線

記憶卡插槽
(隨筆附贈 MicroSD 16G
記憶卡1張)

3.5mm
耳機孔

電池槽
(2顆4號電池)

電源鍵

模式鍵
| 點 讀 |
| 錄 音 |
| MP3 |

音量鍵

錄音孔

燈號指示
| 待 機 |
| 點 讀 |
| 錄 音 進行中 |

高感度
光學筆頭

四大功能

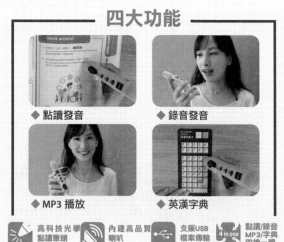

◆ 點讀發音　　　◆ 錄音發音

◆ MP3 播放　　　◆ 英漢字典

高科技光學點讀筆頭	內建高品質喇叭	支援USB檔案傳輸	4 in one	點讀/錄音MP3/字典四機一體

尺寸	14.6 x 3.1 x 2.4 (CM)	重量	37.5g (不含電池)
記憶體	含 16G micro SD 記憶卡	電源	4 號 (AAA) 電池 2 顆
配件	USB 傳輸線、使用說明書、錄音卡 / 音樂卡 / 字典卡、micro SD 記憶卡 (已安裝)		

安裝點讀音檔

1. 使用前請先確認 LiveABC 點讀筆是否已完成音檔安裝

Step1
將點讀筆接上
USB 傳輸線並插
入電腦連接埠。

Step2
開啟點讀筆資料
夾後,點選進入
「Book」資料夾。

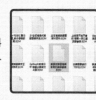

Step3
確認本書音檔
(書名 .ECM) 是
否已存在於資
料夾內。

2. 若尚未安裝音檔,可依照下列 2 種方式下載點讀音檔 (.ecm) 並安裝。

方法 1 請至 LiveABC 官方網站
(www.liveabc.com),搜尋本書的介紹頁
面,即可下載點讀音檔。
再將點讀音檔 (.ECM) 複製到點讀筆
「BOOK」的資料夾裡即可。

方法 2 安裝本書電腦互動學習程式,如圖示下
載點讀音檔。
再將點讀音檔 (.ECM) 複製到點讀筆
「BOOK」的資料夾裡即可。

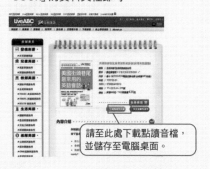

請至此處下載點讀音檔,
並儲存至電腦桌面。

請至此處下載點讀音檔,
並儲存至電腦桌面。

開始使用點讀筆

Step1

1. 將LiveABC光學筆頭指向本書封面圖示。
2. 聽到「Here We Go!」語音後即完成連結。

Step2 開始使用書中的點讀功能

點 PLAY ALL 圖示，即可播放整篇情境會話及單字、例句之音檔。

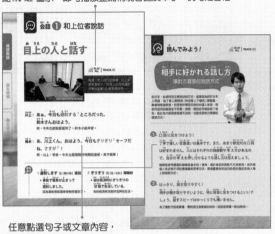

任意點選句子或文章內容，
皆可單獨聆聽其正確發音。

搭配功能卡片使用

錄音功能 請搭配錄音卡使用

模式切換：點選 RECORD & PLAY 錄音卡 ，聽到「Recording Mode」表示已切換至錄音模式。

開始錄音：點選 ⦿，聽到「Start Recording」開始錄音。

停止錄音：點選 ⦿，聽到「Stop Recording」停止錄音。

播放錄音：點選 ▶，播放最近一次之錄音。

刪除錄音：刪除最近一次錄音內容，請點選 🗑。(錄音檔存於資料夾「\recording\meeting\」)

MP3 功能 請搭配音樂卡使用

模式切換：點選 MUSIC PLAYER 音樂卡 ，並聽到「MP3 Mode」表示已切換至 MP3 模式。

開始播放：點選 ▶，開始播放 MP3 音檔。

新增 / 刪除：請至點讀筆資料夾位置「\music\」新增、刪除 MP3 音檔。

英漢字典功能 請搭配英漢字典卡使用

模式切換：點選 Dictionary on ，聽到「Dictionary on」表示已切換至字典模式。

單字查詢：依序點選單字拼字，完成後按 Done ▸ ，即朗讀字彙的英語發音和中文語意。

關閉功能：使用完畢點選 Dictionary off ，即可回到點讀模式。

更多點讀筆使用說明
請掃描 QRcode

1-1 敬語って何？
けい ご　　　　　なに

敬語是什麼？

承知しました。
我知道了。

敬語は親しくない人と話すときに使います。
敬語用於和不熟的人說話時。

忘れないようにします。
我會銘記在心。

お客様のご紹介をお願いできませんか。
可以請你介紹一下這位客人嗎？

会話（かいわ）❶ 和上位者說話

目上（めうえ）の人（ひと）と話（はな）す

PLAY ALL | TRACK 01

每週一早上例行的晨會，川上又差點遲到了。而有一位沒見過的同事出席讓川上感到很好奇……

川上（かわかみ）：あぁ、今日（きょう）も遅刻（ちこく）する¹ところだった。鈴木（すずき）さんおはよう。

啊，今天也差點要遲到了。鈴木小姐早安。

鈴木（すずき）：あ、川上（かわかみ）くん。おはよう。今日（きょう）もぎりぎり²セーフだね。さすが³！

啊，川上。早安。今天也是剛剛好時間抵達呢。真不簡單！

1. 遅刻（ちこく）します ⑤【動III他】遲到
- 事故（じこ）で電車（でんしゃ）が止（と）まって遅刻（ちこく）しました。

  因為事故導致電車停駛而遲到了。

2. ぎりぎり ⓪【名／な形】剛剛好
- 彼（かれ）は経済的（けいざいてき）にぎりぎりの状態（じょうたい）で生活（せいかつ）している。

  他的經濟狀況剛好足夠他生活。

川上： あれ、隣にいるのは誰？

咦？你旁邊的是誰？

鈴木： えっ！「誰？」じゃないでしょ、失礼⁴ね。
経理部の栗原主任でしょ。

欸！不是什麼「誰？」吧，太失禮了。這位是會計部的栗原主任喔。

川上： あっ、そうだった。すみません栗原主任。
おはようございます。

啊，對喔。不好意思，栗原主任。您早。

大西： おはよう、みんな。あ、川上くん、
後で会議の議事録係をお願いできるかな。

各位早安。啊，川上，待會的會議記錄能麻煩你嗎？

3. **さすが** ⓪【副】不愧是
- 現役で東大に合格するとは
さすがですね。

第一次就考上東大，真不愧是你啊。

4. **失礼（な）** ②【な形／名】失禮（的）
- 失礼なことを言って部長を
怒らせてしまった。

我說了失禮的話，惹部長生氣了。

川上：大西部長、おはようございます。
議事録ですね。ＯＫです！

大西部長，早安。會議記錄嗎？OK！

鈴木：こら！川上！ＯＫですって何様[5]なのよ。
友達じゃあるまいし[1]。

喂！川上！什麼OK，你以為你是誰啊。又不是在和朋友講話。

川上：ええっ！？そんなつもり１ミリたりともない[2]よ！
じゃあ、なんて言えばよかったんだよ。

咦!？我完全沒有那個意思啊！那麼，要怎麼講才好嘛？

鈴木：「承知しました」か「かしこまりました」でしょ。
敬語の勉強やり直し決定ね。

「我知道了」或「我了解了」才對吧。
你該重新學習敬語了。

---

5. 何様 ⓪【名】哪位

• いったい君は何様のつもりなんだ。

你到底以為你是誰啊。

1. ～じゃあるまいし 又不是～

「名詞＋じゃあるまいし」，意為「因為主語不是N（名詞），當然無法從N（名詞）的立場或性質做出某種判斷」。後句大多接續說話者的判斷、主張，或給對方的忠告、勸說等等。為口語表達，不適用於書面文章。

- サンタクロースじゃあるまいし、プレゼントをあげるつもりはないよ。

  我又不是聖誕老公公，不打算送妳禮物喔。

- 健二：部屋の掃除をしてくれる？

  你可以幫我打掃房間嗎？

  敦子：子供じゃあるまいし、自分のことは自分でやりなさい。

  你又不是小孩，自己的事情自己做。

  你也可以這樣說：

  子供 じゃないんだから 、自分のことは自分でやりなさい。

  你又不是小孩，自己的事情自己做。

2. ～たりとも～ない 連～都不～

「1+ 數量詞＋たりとも～ない」，舉出前項數量詞最低限度，以強調全面否定的用法。比「1+ 數量詞＋も～ない」的語氣更強烈。

- 納期が迫っているので、1 日たりとも遅らせてはならない。

  因為交期很緊迫，所以連一天都不能延遲。

- 忙しいので、1 分たりとも無駄にできない。

  因為很忙，所以即使一分鐘都不能浪費。

  你也可以這樣說：

  忙しいので、1 分 も 無駄にできない 。

  因為很忙，即使一分鐘都不能浪費。

会話 ② 和不熟的人說話
かい わ

親しくない人と話す
した　　　　　　　　　ひと　　はな

PLAY
ALL | TRACK 02

川上還是搞不太清楚敬語的使用時機，於是他向大西部長詢問……

川上：大西部長、さっき話していたのは新人の清水さん
かわかみ　おおにしぶちょう　　　　　　はな　　　　　　　　　しんじん　しみず
ですよね。それなのにどうして敬語を使って話していた
　　　　　　　　　　　　　　　けいご　つか　　　はな
んですか。

大西部長，剛才和您說話的是新進員工清水小姐吧？那為何您還是使用敬語說話呢？

重點
單字

1. ずっと ⓪【副】相隔遙遠地、要來得～

• 新幹線の駅はこの道のずっと先にある。
しんかんせん　えき　　　　　みち　　　　　さき
新幹線的車站在這條路的最尾端。

大西：あぁ、確かに清水さんは私よりずっと¹若いよね。
でも清水さんとは初めて会ったから敬語を使って
話したんだよ。

啊，的確清水小姐比我還年輕。但是我和清水小姐是初次見面，所以
我還是使用了敬語說話喔。

川上：へぇ、敬語は親しくない²人と話すときにも使うとい
うこと¹ですね。

咦，也就是說，敬語也可以使用在和不熟的人說話的時候對吧。

大西：そういうこと。川上くんも初めて会った人にはまず敬
語を使っておくといい²よ。そして相手との距離感が
近づいてきたら少しずつだけた³言い方にしていく
といいかもね。

就是如此。你和初次見面的人說話，還是使用敬語比較好喔。之後如
果覺得和對方的距離拉近了，也許可以慢慢改用一些較輕鬆的口吻。

---

2. 親しい ③【い形】親近的
   • 彼女とは大学時代から親しい
     間柄です。
   我和她從大學時期就是很親近的關係。

3. くだけます ④【動Ⅱ自】變得輕鬆
   • やっと場の雰囲気がくだけて
     きました。
   場面的氣氛終於變輕鬆了。

川上：そうなんですか。学生時代は考えたこともなかった
です。

原來如此。我學生時期完全沒有想過這些事情。

大西：そうか。これからは会社の同僚とも良好な人間関係
を築く⁴必要があるからね。相手の感じ方に敏感にな
れるといいね。

這樣啊。接下來你要和公司的同事打好人際關係才行呢。所以敏銳察
覺對方的感受會比較好喔。

川上：はい、ありがとうございます。大西部長との距離感
も近づいてきた感じがします。だから……これからも
色々とよろしくね。

是，謝謝您。我覺得我和大西部長的距離也變近了。所以……以後也
請多多指教啦。

大西：こら！すぐ調子に乗る⁵んじゃない！

喂！別馬上就得意忘形！

4. 築きます ④【動I他】建立
- 努力の末に医学界に
  確固たる地位を築いた。

  努力的結果終於在醫學界建
  立了一席之地。

5. 調子に ⓪ **乗ります** ③【動I自】

得意忘形
- 調子に乗って車を運転したら、
  事故を起こした。

  得意忘形地開車，結果發生車禍了。

20

 學習焦點

1. ～ということだ　結論就是～、意思是～

「普通體＋ということだ」表示針對某個事實做出結論，通常於統整資訊時使用。在口語會話中，可用「～ってことだ」替換。

- 来週（らいしゅう）は木曜日（もくようび）と金曜日（きんようび）が休（やす）みですか。ということは4連休（よんれんきゅう）に

  なるということですね。

  下星期四跟五都放假嗎？意思是四天連假囉。

- 彼（かれ）は指輪（ゆびわ）をしている。もう結婚（けっこん）しているということですね。

  他戴著戒指。也就表示他已經結婚了對吧。

  > 你也可以這樣說：

  彼（かれ）は指輪（ゆびわ）をしている。もう結婚（けっこん）している ってことです ね。

  他戴著戒指。也就表示他已經結婚了對吧。

2. ～といい　最好～

「動詞辭書形＋といい」是給對方建議、勸說時的用法。若建議別人最好別做某動作，則使用「～ないほうがいい」。

- ゆで卵（たまご）をゆでる時（とき）は、沸（わ）いたお湯（ゆ）に少（すこ）し塩（しお）を入（い）れるといいよ。

  在煮水煮蛋的時候，建議在沸水中加一點鹽喔。

- 運転中（うんてんちゅう）に疲（つか）れた時（とき）は、車（くるま）を停（と）めて少（すこ）し休（やす）むといいですよ。

  開車覺得疲勞的時候，最好停車休息一下哦。

  > 你也可以這樣說：

  運転中（うんてんちゅう）に疲（つか）れた時（とき）は、車（くるま）を停（と）めて少（すこ）し休（やす）めばいいよ。

  開車覺得疲勞的時候，最好停車休息一下哦。

会話 ③ 正式場合說話
かい わ

基礎敬語

基本禮儀

辦公室大小事

改まった場面で話す
あらた　　　　ば　めん　　　はな

🛜 PLAY ALL | TRACK 03

除了和不熟的對象以外，還有什麼時候應該使用敬語呢？川上再度向大西部長提出疑問……

川上：大西部長、敬語を使ったほうがいい場面って、他に
かわかみ　　おおにし ぶ ちょう　けい ご　　つか　　　　　　　　　　　ば めん　　　　　　ほか
もありますか。

大西部長，還有其他哪些使用敬語比較好的場合呢？

大西：そうだね、改まった場面で話すときには敬語を使っ
おおにし　　　　　　　　あらた　　　　ば めん　　はな　　　　　　　　けい ご　　つか
たほうがいいね。

我想想，在正式場合時，使用敬語會比較好喔。

重點單字

1. 立場 ① 【名】立場
たち ば

• 相手の立場になって考えてください。
あい て　　たち ば　　　　　　かんが

請站在對方的立場思考一下。

22

川上：改まった場面、ですか。

正式場合嗎？

大西：うん。例えばみんなの前でスピーチしたり、プレゼンで発表したりする[1]ときだよ。話を聞く相手がどんな立場[1]の人であれ、敬語を使うことで相手にいい印象を持ってもらうことができるからね。

對。例如在大家的面前演講、發表簡報等場合。無論聽者的身份為何，使用敬語可以給對方留下好印象。

川上：なるほど。確かに敬語を使えば、相手に対する敬意[2]を表すことができますね。相手が聞いて心地よい[3]言葉遣いをして、話の内容により集中して[4]もらうと……。

原來如此。的確若使用敬語的話，就能表達出對對方的敬意。使用對方聽起來舒服的用詞說話，也能讓對方更專心聽你說話的內容……。

---

2. 敬意 ①【名】敬意

• 国のために貢献した市民に敬意を表する。

向為了國家奉獻的市民表示敬意。

3. 心地よい ④【い形】舒服的

• 海からの風がとても心地よいです。

從海上吹來的風真是舒服。

大西：そうそう。敬語の使い方一つで大事な商談が台無しになる可能性もあるからね。

就是如此。可能只因為敬語使用不當，而導致重要的交易泡湯呢。

川上：はい、忘れないようにします[2]。でも、まあ僕は当面[5]そんな機会もないと思うので、今は心配なさそうですね。

是，我會謹記在心。但是，我想我目前應該沒有那種機會，所以現在不需要太擔心吧。

大西：そんなことはないよ。実は来月、君にプレゼンをお願いしたいと思ってるんだ。

沒這回事喔。其實我正在想下個月要請你發表簡報呢。

川上：えぇっ！そんな、まだ心の準備が……。

咦！怎麼會這樣，我還沒有心理準備……。

 重點單字

4. 集中します ⑥【動III他】專心

• 注意を一点に集中させてください。

請集中注意力。

5. 当面 ⓪【名】目前

• 当面社員を採用する計画はありません。

目前沒有招募員工的計畫。

 學習焦點

1. ～たり～たりする　（做）～，或者（做）～

「動詞たり＋動詞たり＋する」表示在某時段之內，做了多種動作。除了表達某人做了多種動作之外，也可用於表達不同人（主詞）在同時段內做不同動作的情況。

- ピクニックの時はクラスのみんなが荷物を運んだり、食事の用意をしたりしています。

  野餐時，班上同學有的人搬東西，有的人準備食物。

- 休日は掃除したり買い物に行ったりしています。

  我假日通常是打掃或是去買東西。

  你也可以這樣說：

  休日は掃除をするとか、買い物に行くとか。

  我假日通常是打掃或是去買東西。

2. ～ようにする　記得要～

「動詞辭書形／ない形＋ようにする」用於提醒自己或別人要記得或特別注意某事或完成某動作。

- 家を出る時は、鍵を閉めるようにしてね。

  出門的時候，要記得鎖門喔。

- できるだけ残業はしないようにしてください。

  請記得盡量不要加班。

  你也可以這樣說：

  できるだけ残業をしないよう心がけてください。

  請記得盡量不要加班。

基礎敬語

基本禮儀

辦公室大小事

この人は誰？相手が誰なのか知りたい時。

這個人是誰？想知道對方是誰的時候。

こちらはどなたですか。

あちらのお客様はどなたですか。

ご紹介をお願いできませんか。

在會話中，川上不經意地使用了「旁邊的那位是誰？」這種失禮的方式，詢問對方的身分。當對方距離自己很近的時候，直接詢問對方「是誰？」，會被認為相當失禮，因此讓我們來學習使用敬語的詢問方式吧。

情境一 名前を知りたい外部の相手 (B) が近くにいる時

想知道名字之外部人員 (B) 離自己近的時候

想知道外部人員(B)的名字時，比起直接向交談對象 (A) 詢問 (B) 的身分，不如請 (A) 介紹 (B) 會更適切，也不會有失禮儀。

不可不知！● 職場日語小知識

川上：鈴木さん、お客様のご紹介をお願いできませんか。

鈴木小姐，可以請您介紹一下這位客人嗎？

鈴木：こちら様は、王文コンサルティングの上野様です。

這位是王文顧問的上野先生。

川上：上野様、はじめまして。川上と申します。

上野先生，初次見面。敝姓川上。

情境二

名前を知りたい内部の相手 (B) が
近くにいる時

想知道名字之內部人員 (B)
離自己近的時候

想知道內部人員 (B) 的名字，可以直接詢問交談對象 (A)「這位是哪位呢？」，不過仍建議使用敬語來表達。雖然是內部同仁，但是不建議使用過於親近的口吻說話。

川上：鈴木さん、こちらはどなたですか。

鈴木小姐，這位是哪位呢？

鈴木：こちらは経理部の栗原主任ですよ。

這位是會計部的栗原主任喔。

川上：栗原主任、はじめまして。鈴木さんの同僚の
川上です。

栗原主任，初次見面。我是鈴木的同事川上。

名前を知りたい相手 (B) が遠くにいる時
(会話が相手に聞こえない時)

想知道名字的對象 (B) 在遠處時
（ 而對方聽不到談話內容之情況 ）

想知道名字的對象 (B) 在遠處時，可以直接詢問談話對象 (A)「那個人是誰？」，但還是建議使用禮貌的用詞。談論他人時，無論何時或談論對象為誰，都應抱持著敬意。

川上： 鈴木さん、あちらのお客様はどなたですか。

鈴木小姐，那位客人是哪位呢？

鈴木： あちらの方は、東山商事の東山社長ですよ。

那位是東山商事的東山社長喔。

川上： そうなんだ。教えてくれてありがとう。

原來是這樣。謝謝妳告訴我。

読んでみよう！

基礎敬語

基本禮儀

辦公室大小事

相手に好かれる話し方
讓對方喜愛的說話方式

在日本，必須特別注意說話的方式。這是因為對於日本人而言，為了使人際關係(特別是上下關係)更圓融，需善用敬語表達。但是對於學習日語的外國人來說，想使用流利的敬語並不容易。那麼，應該從何做起呢？首先，在此先介紹即使敬語不流利，也能受到對方青睞的說話方式。

1 口調に気をつけよう！

丁寧で優しい言葉遣いは基本です。また、あまり断定的な口調は好まれません。人にはそれぞれの価値観や考え方があるので、自分の考えを押し付けるような話し方は控えましょう。

禮貌地使用優雅的語彙是基本的。還有，過於肯定的語氣不太受歡迎。由於每個人各自有不同的價值觀和思考方式，應儘量避免將自己的想法強加在他人身上的說話方式。

2 はっきり、聞き取りやすく！

相手が聞き取りやすいように、特に発音に気をつけるといいでしょう。話すスピードはゆっくりでも構いません。

為了讓對方容易聽懂，要特別注意發音的部份。說話速度慢一點也無妨。

③ 心地よい声のボリュームをキープしよう！

日本人はあまり大声で話すのを好みません。会話が盛り上がるのはいいことですが、ボリュームには少し注意しましょう。

日本人不是很喜歡大聲交談。談話熱烈是好事，但還是要注意一下音量。

④ 優しい発音を心がけよう！

日本語には、息を大きく吐き出す音（有気音）がほとんどありません。そのため、発音は柔らかい音のほうが好まれます。

日語裡幾乎沒有大口吐氣（送氣音）的發音，正因如此，柔和的發音較受人喜愛。

⑤ 明るいトーンをキープしよう！

声のトーンを明るくすることは、誰にでもできる簡単な会話術です。少し高めに声を出すだけで、明るさを加えることができます。その時、笑顔も忘れないようにしましょう。

讓音調聽起來開朗是每個人都做得到的、簡單的說話技巧。只要稍微把音調提高，便可營造出開朗的感覺。此時也別忘記笑容喔。

⑥ 会話のスピードは少しゆっくり！

日本人同士の会話はとても早口に聞こえるでしょうが、実はゆったりとした話し方のほうが好感を持たれます。焦らず、少しゆっくり話す練習をしましょう。

雖然日本人之間的談話速度聽起來非常快，但其實速度和緩的說話方式更受人喜愛。不要急，練習放慢語速說話吧！

小テスト

請填入適當的答案。

1. 先方は 車 の 渋滞のせいで３０分ほど ＿＿＿ そうです。

   Ⓐ 遅刻して   Ⓑ 遅刻する

   Ⓒ 遅刻した   Ⓓ 遅刻したら

2. 彼らはこころの通い合った ＿＿＿ 友人である。

   Ⓐ 難しい   Ⓑ 新しい

   Ⓒ 悲しい   Ⓓ 親しい

3. これからお二人で 幸 せな家庭を ＿＿＿ ください。

   Ⓐ 築き   Ⓑ 築く

   Ⓒ 築いて   Ⓓ 築けて

4. 工事の音がうるさくて、 私 は仕事に ＿＿＿ ことが

   できなかった。

   Ⓐ 集 中する   Ⓑ 集 中

   Ⓒ 集 中の   Ⓓ 集 中した

5. 彼は壇上で市 長に ＿＿＿ を 表 し、深くお辞儀をした。

   Ⓐ 敬礼   Ⓑ 敬 称

   Ⓒ 敬語   Ⓓ 敬意

6. 子供____、挨拶くらいはきちんとしたらどう。

 Ⓐ じゃあるまいし Ⓑ ではあるし

 Ⓒ じゃあるまいが Ⓓ ではあるまいと

7. ５０００円の３０％オフだから、３５００円____
ですね。

 Ⓐ というより Ⓑ というもの

 Ⓒ といえば Ⓓ ということ

8. 車酔いするなら、バスに乗る前にこの薬を
飲む____ですよ。

 Ⓐ ばいい Ⓑ たいい

 Ⓒ といい Ⓓ という

9. 週末は映画を見____音楽を聞い____します。

 Ⓐ たら／たら Ⓑ たり／たり

 Ⓒ つ／つ Ⓓ とか／とか

10. ダイエットしたいので、私は明日から必ず階段を
使う____。

 Ⓐ ようだ Ⓑ ようにした

 Ⓒ ようになる Ⓓ ようにする

解答 1Ⓑ 2Ⓓ 3Ⓒ 4Ⓐ 5Ⓓ 6Ⓐ 7Ⓒ 8Ⓒ 9Ⓑ 10Ⓓ

丁寧語を学ぼう
來學丁寧語吧

明日は休みです

我明天休假。

「電話」とか「時間」は漢語なのに「お電話」とか「お時間」と言うんですよ。

像「電話」或是「時間」雖然是漢語，但是會說成是「お電話」或是「お時間」喔。

部長、おはようございます。今日はお暑いですね。

部長，早安。今天天氣很熱呢。

会話❶ 何謂丁寧語

丁寧語とは

PLAY ALL | TRACK 06

丁寧語和敬語有什麼差別呢？
川上感到有點疑惑，於是跑去詢
問前輩佐藤……

川上：この前大西部長と敬語の話になったんですけど、
敬語と丁寧語って違う[1]んですか。

我之前和大西部長在討論敬語的話題，請問敬語和丁寧語不一樣嗎？

佐藤：丁寧語は、敬語の一つなんです。ほかに尊敬語と謙
譲語がありますよ。

丁寧語是敬語的其中一種。其他還有尊敬語和謙讓語喔。

重點單字

1. 違います ④【動I自】相異

• 中国語と日本語では
語順が違います。

中文和日文的語序不同。

2. たった今 ④【名】剛才

• 母はたった今出かけたとこ
ろです。

媽媽現在剛好外出。

川上：え、そうだったんですか。たった今²知りました。

> 咦，原來是這樣啊。我現在才知道。

佐藤：例えば、「私も食べる」じゃなくて「私も食べます」とすると丁寧語になりますよ。

> 例如，把「我也吃」改成「ます形」就是丁寧語喔。

川上：友達と話すときには普通に「明日は休み」って言っても問題はないですよね。

> 和朋友說話時，正常地說「我明天休假」就沒什麼問題對吧。

佐藤：そうですね。友達との会話には丁寧語よりそっちのほうが¹似合います³ね。

> 是啊。和朋友之間的對話，比起丁寧語，剛才那種說法比較適合。

川上：目上の方との会話で丁寧な⁴言い方をしたいときは、後ろに「です」を付けて「明日は休みです」と言えばいい²ですよね。

> 和上位者說話時，想要用禮貌的說法，就在句尾加上「です」，改成「明日は休みです」就可以了對吧。

---

3. 似合います ④【動Ⅰ自】適合

• あなたには似合わない発言です。

> 你不適合說這樣的話。

4. 丁寧（な）①【な形】禮貌（的）

• お客様には丁寧な話し方をしてください。

> 請用禮貌的說話方式對客人說話。

佐藤： そうですね。それが丁寧語と呼ばれる⁵ ものですよ。

没錯。那就是所謂的丁寧語。

川上： なるほど、そうなんだ。

原來如此，是這樣啊。

佐藤： 「そうなんだ」じゃなくて、「そうなんですか」と言うと丁寧な言い方になりますね。

不用「そうなんだ」，而改用「そうなんですか」，這樣就是丁寧語的用法喔。

川上： そう……なんですか。わかりました。

這樣……原來是如此啊。我明白了。

---

5. 呼びます ③【動I他】稱呼
- あなたは友達に何と呼ばれていますか。
  你的朋友都怎麼稱呼你呢？

學習焦點

1. AよりBのほうが〜　比起A，B更〜

以A作為基準，將兩事物做比較時，表示B的程度更加〜。此句型可以用名詞或動詞普通體接續。常用於將兩事物做對比，強調其中一方程度較高時。

- サッカーより野球のほうが人気だ。

  比起足球，棒球更受歡迎。

- 電車で行くよりバスのほうが早く着きますよ。

  比起搭火車去，坐公車去會更早到喔。

  你也可以這樣說：

  電車 より バス のほうが 早いよ。

  比起搭火車去，坐公車去會更早到喔。

2. 〜ばいい　〜就好了

「動詞條件形／い形容詞條件形＋いい」用於表達在符合某些條件之下，可以達到某些結果就好了。意即若符合前項條件形之條件，就能達到後項述之的結果。若用於疑問句時，可以翻譯成「該〜才好呢？」。若以「な形容詞」或「名詞」接續時，則需改為「〜ならいい」。

- 浅草に行きたいのですが、どの電車に乗ればいいですか。

  我想去淺草，該坐哪一班電車好呢？

- 身長がもう５ｃｍ高ければいいのになあ。

  要是我身高再多五公分就好了。

- 無事ならいいけど、子供に怪我でもさせたら許しません。

  平安無事就好，要是讓孩子受傷的話，我絕不原諒你。

会話② 加上「お」和「ご」吧

「お」と「ご」を付けよう

📶 PLAY ALL | TRACK 07

佐藤正在教導川上關於丁寧語的規則、使用方式，以及一些例外的情況⋯⋯

佐藤： 丁寧な言い方は他にもありますよ。単語の前に「お」と「ご」を付けるんです。例えば「お車」、「ご家族」という風にね。

礼貌的說法還有其他類型喔。就是在單字前面加上「お」和「ご」。例如「お車」、「ご家族」這樣。

重點單字

1. 使い分けます ⑥【動II他】分別使用

- 彼女は３か国語を使い分けます。

  她會分別使用三種語言。

川上：へぇ、じゃあ「お」と「ご」はどうやって使い分けた
　　　ら¹いいんですか。わかりやすい¹分け方ってあるん
　　　ですか。

咦，那「お」和「ご」要怎麼分別使用才好呢？有簡單明瞭的分辨方
式嗎？

佐藤：基本的には和語の単語には「お」、漢語の単語には
　　　「ご」を付けるんですよ。

基本上來說，和語單字加「お」，漢語單字加「ご」就可以了喔。

川上：和語と漢語ですか。遠い昔に習った²ような気
　　　が……。

和語和漢語嗎？好像很久以前學過……。

佐藤：「車」とか「高い」は和語だから「お車」、「お高い」
　　　とするし、「家族」とか「意見」は漢語だから「ご家
　　　族」、「ご意見」と言うんです。

像是「車」或「高い」是和語，就可以說成「お車」、「お高い」，
「家族」或「意見」是漢語，便說成「ご家族」、「ご意見」。

---

2. 習います ④【動I他】學習
• 私はピアノを母から習いまし
　た。
我跟母親學鋼琴。

3. だんだん ⓪【副】漸漸地
• 9月を過ぎるとだんだん涼し
　くなります。
過了九月之後，天氣漸漸變涼。

川上：そうなんですね。だんだん³わかってきました。

原來是這樣。我好像越來越懂了。

佐藤：もちろん例外⁴もあって、「電話」とか「時間」は漢語なのに「お電話」とか「お時間」と言うんですよ。

當然也有例外，像「電話」或「時間」雖然是漢語，但會說成「お電話」或「お時間」。

川上：なんだか面倒ですね。でも基本の形さえ覚えておけば²間違いなさそうですね。

總覺得有點麻煩呢。不過只要記住基本的形式，好像就不會弄錯了。

佐藤：そうですね。他の人が何と言っているか、よく聞いておくといいですよ。

是啊。多多注意聽其他人怎麼說，也是不錯的方法喔。

川上：よくわかりました。ご先輩、ご指導⁵をおありがとうございます。

我明白了。非常感謝前輩您的指教。

佐藤：うーん。ちょっと大げさだね……。

唔。有點太誇張了……。

重點單字

4. 例外 ⓪【名】例外

• 今年の夏も例外なく猛烈な暑さでした。

今年的夏天也不例外地相當炎熱。

5. 指導 ⓪【名】指導

• 子供には正しい指導が必要です。

有必要給孩子正確的指導。

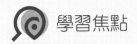 學習焦點

1. ～やすい　容易～

「動詞ます形語幹＋やすい」表示做某事很容易。可翻譯成「做～很簡單」或「很容易～」，可用於正面或負面的評價。其相反語意之用法為「～にくい」，表示很難做某事、某個動作。

- このラーメンは味がさっぱりしているので、食べやすいです。

  這碗拉麵的調味很清爽，所以很好入口。

- 床が滑りやすいので気をつけてください。

  這個地板很滑，容易滑倒，敬請小心。

  相反的用法：

  この荷物は重いから、持ちにくいです。

  這個行李很重，很難拿。

2. さえ～ば　只要～,就～

「名詞＋さえ＋動詞／い形容詞條件形」表示完成「さえ」後項所述條件，便可以達成目的，此外其他都不需要。若「さえ」後面接續な形容詞或名詞，則改用「～なら」。

- この仕事さえ終わればストレスから解放される。

  只要完成這份工作就可以從壓力中釋放了。

- 気温さえ低ければ、雪が見られるかもしれない。

  只要氣溫夠低的話，說不定就能看見雪了。

- 体さえ丈夫なら、これ以上望みません。

  只要身體硬朗，就別無所求了。

会話 ③ 正式場合說話

改まった場面で話す

🛜 PLAY ALL | TRACK 08

經過了佐藤前輩的丁寧語特訓之後，川上試著用丁寧語和部長說話……

佐藤： 川上くん、部長がいらっしゃいましたよ。試しに [1] 丁寧語を使って部長と話をしてごらん [1]。

川上，部長來了。試著用丁寧語和部長說話吧。

川上： はい、わかりました。うまくできるかなぁ。

部長、おはようございます。今日はお暑いですね。

好，我知道了。不知道能不能順利啊。部長，早安。今天天氣很熱呢。

---

1. 試しに ③【副】嘗試

- 試しに 1 回試験を受けてみよう。

  試著去考一次考試看看。

2. 調子 ⓪【名】狀況

- 今日は体の調子がいい。

  今天身體狀況很好。

大西：おお、川上くん。おはよう。今日も暑いね。

哦，川上。早啊。今天真熱。

川上：はい！部長、お体の調子² はいかがですか。

是的！部長，您今天身體狀況如何呢？

大西：か、体？うん、元気だよ。

身體？嗯，很好哦。

川上：それはよかったです。今日は午後から出張のご予定
ですね。お気をつけていってらっしゃいませ。

那真是太好了。今天下午您預計要出差對吧。請您路上小心。

大西：ありがとう。今度は川上くんにも同行して³ もらおう
と² 思っているから、よろしくね。

謝謝。我想下次也帶著你一起去，請多指教。

---

3. 同行します ⑥【動Ⅲ自】陪同
• あなたは彼らと同行して
  ください。
  請你和他們一起去。

4. ご一緒します ⑥【動Ⅲ他】一同、共事
• 次も御社とお仕事をご一緒させて
  いただきたいです。
  期待下次也可以和貴公司共事。

川上：そうでしたか。はい、承知しました。部長にご一緒 4
できるのを楽しみにしています。

這樣啊。是，我知道了。很期待和部長一起出差。

大西：うん。それじゃあね。……川上くん、今日はやけに 5
丁寧だけど、熱でもあるのかな……。

嗯。那我先走了。……川上，他今天特別有禮貌，該不會發燒了
吧……。

5. やけに ① 【副】 特別地

• 薬の副作用でやけにのどが渇く。

因為藥的副作用，覺得特別口渴。

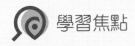 學習焦點

1. ～てごらん ～看看吧

「動詞て形＋ごらん」表示鼓勵對方試著做某動作，ごらん是「ごらんなさい」的省略語。其口語用法為「～てみて」，可用於比較親近或輩份比自己低的對象。

- 食(た)べてごらん。焼(や)きたてだから、おいしいよ。

  試吃看看。剛出爐的，很美味喔。

- 頭(あたま)で考(かんが)えるだけじゃなくて、まずはやってごらん。

  不要只用頭腦想，先做做看吧。

  你也可以這樣說：

  頭(あたま)で考(かんが)えるだけじゃなくて、まずはやってみて 。

  不要只用頭腦想，先做做看吧。

2. ～てもらう 請～

「動詞て形＋もらう」為授受動詞的用法。表示接受對方慷慨、貼心的行為，也可視為一種禮貌的請求。使用「～ていただく」則更加禮貌，通常用於輩份比自己高的對象。

- 醤油(しょうゆ)が切(き)れたから、旦那(だんな)さんに買(か)ってきてもらった。

  因為醬油用完了，所以請老公幫忙買回來。

- わからないところを先輩(せんぱい)に教(おし)えてもらった。

  不懂的地方我請前輩指導了。

  你也可以這樣說：

  わからないところを先輩(せんぱい)に教(おし)えていただきました 。

  不懂的地方我請前輩指導了。

會話 ❸ 正式場合說話

丁寧語はかんたん！
丁寧語很簡單！

基礎敬語

基本禮儀

辦公室大小事

丁寧語是指「比較文雅的表達方式和用字」。使用丁寧語的目的是為了讓用字更文雅、表達方式更為禮貌，所以並沒有如尊敬語會抬高對方身分，或是謙讓語使我方身段放低的語意。那麼在哪些場合會使用丁寧語呢？

丁寧語用於直接向對方表達敬意，或是以鄭重的心情談話等場合。比如和初次見面的人談話或與店員交談等等，除了在商務的場合之外也經常會使用，所以建議多加熟練丁寧語。丁寧語的特徵是句尾為「です」、「ます」、「ございます」，其變化請見以下例句。

基本形	丁寧語	例
する 做	します	明日こちらから電話します。 明天由我致電給您。
行く 去	行きます	来週からアメリカ出張に行きます。 我下週會去美國出差。

学生 がくせい 學生	学生です がくせい	彼女は私の母校の学生です。 かのじょ わたし ぼこう がくせい 她是我母校的學生。
高い たか 高的	高いです たか	向かいのビルはとても高いです。 む たか 對面的大樓很高。
鈴木 すずき 鈴木	鈴木でござ すずき います	お電話ありがとうございます。 でんわ 鈴木でございます。 すずき 謝謝您的來電。敝姓鈴木。
可能 か のう 可以	可能でござ か のう います	返品も可能でございます。 へんぴん か のう 可以退貨。

お電話ありがとう
でんわ
ございます。鈴木
すずき
でございます。

読んでみよう！

PLAY ALL | TRACK 10

基礎敬語

基本禮儀

辦公室大小事

おへんじ？ごへんじ？
是おへんじ？還是ごへんじ？

在【會話二】中介紹了接頭語「御（お・ご）」的用法。「御」會接在名詞、動詞及形容詞的前面。根據和語或漢語的不同，「御」的讀音會有所變化，不過也有如「お電話」、「お時間」等例外。以下介紹「御（お・ご）」接續的基本概念和常見的例外。

1 和語と漢語のちがい

和語意指日本既有事物的詞語，也有人稱之為「やまとことば」。例如「米」、「花」、「山」、「餅」等等。和語前面接續「御」時，唸成「お」，例如「お米」、「お花」、「お山」、「お餅」。

另一方面，漢語則是指從唐朝或宋朝傳入日本的詞語，由當時的發音或漢字讀音所構成的詞語。例如「住所」、「理解」、「家庭」、「記入」等。漢語前面接續「御」時唸成「ご」，例如「ご住所」、「ご理解」、「ご家庭」、「ご記入」。

2 よくある例外

和語前面接續「お」，漢語前面接續「ご」是基本規則，但有一些詞語並不在此規則內。

50

- 和語接續「ご」的情況

「ごゆっくり」（請慢走、請慢用）、「ご盛^{さか}ん」（盛行）、

「ごもっとも」（有道理、您說的是）等等。

- 漢語接續「お」的情況

「お茶碗^{ちゃわん}」（碗）、「お化粧^{け しょう}」（化妝）、「お散歩^{さん ぽ}」（散步）、

「お食事^{しょく じ}」（用餐）、「お電話^{でん わ}」（電話）、「お勉強^{べんきょう}」（讀書）、

「お掃除^{そう じ}」（打掃）、「お行儀^{ぎょう ぎ}」（禮儀）等等。

- 「お・ご」兩者皆可使用的情況

「お・ご返事^{へん じ}」（回覆）、「お・ご都合^{つ ごう}」（方便的時間）、

「お・ご利息^{り そく}」（利息）、「お・ご通知^{つう ち}」（通知）、

「お・ご會計^{かい けい}」（結帳）、「お・ご祝儀^{しゅう ぎ}」（禮金）等等。

③ 「御（お・ご）」をつけない言葉^{こと ば}もある

偶爾會聽到有人使用「おビール」這個詞彙，雖然一時給人優雅的印象，但實際上這是錯誤用法，請不要模仿。基本上在外來語前面不加「御^お」。此外，國家、公司及設施等名稱前亦不需加「御^お」。而在日本時代劇當中，會在女性角色的名字前面加上「お」稱為「お雪^{ゆき}さん」、「お菊^{きく}ちゃん」等等，但在現代日本社會上並不會出現這樣的用法。其他如風、雨等自然現象、地震、洪水等天災也不會使用「御^お」接續。

🔍 小テスト

請填入適當的答案。

1. どちらの色が 私に ＿＿＿＿ ますか？

   Ⓐ 合う   Ⓑ 似合い

   Ⓒ 似合う   Ⓓ 似てい

2. 彼女の仕事は ＿＿＿＿ で熱心で、とても 評判がいい。

   Ⓐ ぞんざい   Ⓑ 些細

   Ⓒ 細かい   Ⓓ 丁寧

3. 私の趣味は、三味線を ＿＿＿＿ ことと、英会話です。

   Ⓐ 習ぶ   Ⓑ 学う

   Ⓒ 習う   Ⓓ 学す

4. 春を過ぎると仕事が ＿＿＿＿ 忙しくなる。

   Ⓐ だんだん   Ⓑ ぜんぜん

   Ⓒ たびたび   Ⓓ ちゃくちゃく

5. 明日は川上くんの仕事に ＿＿＿＿ 予定です。

   Ⓐ 会合する   Ⓑ 合同する

   Ⓒ 共同する   Ⓓ 同行する

6. 敵に遭遇したら戦う＿＿＿逃げた＿＿＿がいいですよ。

　Ⓐ ほど／まい　　　　　Ⓑ ようが／まい

　Ⓒ より／ほう　　　　　Ⓓ ようにも／ない

7. 妹は、子供の時から太り＿＿＿体質なので毎日運動を欠かさない。

　Ⓐ たい　　　　　　　　Ⓑ なさい

　Ⓒ にくい　　　　　　　Ⓓ やすい

8. カルチャースクールは連絡＿＿＿すれ＿＿＿休んでもかまいません。

　Ⓐ だに／ど　　　　　　Ⓑ さえ／ば

　Ⓒ すら／ば　　　　　　Ⓓ ただ／ば

9. どうしてこんなことをしたのか＿＿＿なさい。

　Ⓐ 言いごらん　　　　　Ⓑ 言うごらん

　Ⓒ 言えごらん　　　　　Ⓓ 言ってごらん

10. 新しい曲を作ったので、みんなに聞いて＿＿＿と思っています。

　Ⓐ もらおう　　　　　　Ⓑ もらう

　Ⓒ もらうたい　　　　　Ⓓ もらいます

解答：1Ⓑ 2Ⓓ 3Ⓒ 4Ⓐ 5Ⓓ 6Ⓒ 7Ⓓ 8Ⓑ 9Ⓓ 10Ⓐ

1-3 尊敬語
そん　けい　ご

尊敬語

一緒_{いっしょ}に行_いかれますか。
您要一起去嗎？

一緒_{いっしょ}にいらっしゃいませんか。
您要與我們同行嗎？

まだお使_{つか}いになりますか。
您還需要使用嗎？

このパソコンをお使_{つか}いください。
請使用這台電腦。

会話 ❶ 何謂尊敬語
<ruby>会<rt>かい</rt></ruby><ruby>話<rt>わ</rt></ruby>

尊敬語とは
そん けい ご

PLAY ALL | TRACK 11

下班時,川上又不小心對部長使用了普通的丁寧語。被鈴木和大西部長指導了一番……

川上: さあ<ruby>今日<rt>きょう</rt></ruby>の<ruby>仕事<rt>しごと</rt></ruby>も<ruby>終<rt>お</rt></ruby>わったぞ。ちょっと 1 <ruby>杯飲<rt>ぱいの</rt></ruby>みに<ruby>行<rt>い</rt></ruby>こうよ。あ、<ruby>部長<rt>ぶちょう</rt></ruby>も<ruby>一緒<rt>いっしょ</rt></ruby>に<ruby>行<rt>い</rt></ruby>きますか？
<ruby>川上<rt>かわかみ</rt></ruby>

那今天的工作就結束囉。我們一起去喝一杯吧。啊,部長要一起去嗎?

大西: <ruby>川上<rt>かわかみ</rt></ruby>くん、そういうときは「<ruby>行<rt>い</rt></ruby>かれますか」と<ruby>言<rt>い</rt></ruby>ったほうが<ruby>丁寧<rt>ていねい</rt></ruby>だよ。
<ruby>大西<rt>おおにし</rt></ruby>

川上,這個時候要說「您要去嗎」比較有禮貌喔。

重點單字

1. 問いかけます ⑤【動 II 自】詢問
と

• <ruby>子供<rt>こども</rt></ruby>には<ruby>優<rt>やさ</rt></ruby>しく<ruby>問<rt>と</rt></ruby>いかけてください。

請溫柔地詢問孩子。

川上：あ、すみませんでした。「一緒に行かれますか」ですね。鈴木さん知ってた？

啊，抱歉失禮了。「您要一起去嗎?」對吧。鈴木小姐早就知道了嗎？

鈴木：もちろんよ。でも私なら[1]「一緒にいらっしゃいませんか」って問いかける[1]かな。

那當然。但要是我的話應該會問「您要與我們同行嗎?」。

川上：いらっしゃる？それ、「いらっしゃいませ」の友達みたいなもの？

いらっしゃる？是類似「いらっしゃいませ」的同類詞嗎？

2. 行為 ①【名】行為
- あなたには他人の行為を非難する権利がない。

你沒有權利去批評別人的行為。

3. 動作 ①【名】動作
- 彼はもともと無口で動作の鈍い人です。

他原本就是個不愛說話，動作慢的人。

大西（おおにし）：鈴木（すずき）さんは尊敬語（そんけいご）についてよく勉強（べんきょう）しているね。相（あい）手（て）の行為（こうい）[2]に対（たい）して[2]敬意（けいい）を表（あらわ）す表現（ひょうげん）を「尊敬語（そんけいご）」と言（い）って、一（ひと）つの動作（どうさ）[3]でもいくつかの言（い）い方（かた）があるんだけど、鈴木（すずき）さんが使（つか）ったのは最（もっと）も[4]丁寧（ていねい）な言（い）い方（かた）なんだよ。

鈴木小姐認真學過尊敬語呢。對對方的行為表示敬意的表現就是「尊敬語」，一項動作也能有不同的説法，鈴木小姐所使用的是最有禮貌的用法喔。

川上（かわかみ）：えぇ、そうなんですか。部長（ぶちょう）、僕（ぼく）にも教（おし）えてください。

咦，原來是這樣。部長，也請您教教我。

大西（おおにし）：もちろん。それじゃあ明日（あした）の昼休（ひるやす）みにでもレクチャーして[5]あげるね。

當然沒問題。那麼明天的午休時間為你特別指導吧。

4. 最も（もっと）[3]【副】 最

• 私（わたし）は昔（むかし）、小学校（しょうがっこう）で最（もっと）も足（あし）の速（はや）い生徒（せいと）でした。

我以前在小學是跑最快的學生。

5. レクチャーします [1]【動Ⅲ他】

解説、講授

• 新（あたら）しい機械（きかい）の使（つか）い方（かた）をレクチャーしてもらいます。

請你解説新機器的使用方法。

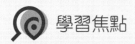 學習焦點

1. ～なら 如果～的話

「名詞 / な形容詞」接續「なら」，用於承接對方提到或詢問的話題，並對之提出建議、意見、表達自己意志等等。若「なら」前面接續動作，則以動詞辭書形接續。

- 温泉なら、有馬温泉がおすすめですよ。

  如果是溫泉的話，我推薦有馬溫泉喔。

- その投資はリスキーなら、やめたほうがいいよ。

  如果那份投資風險很高的話，還是別做比較好喔。

- コンビニに行くなら、コーヒーも買ってきてくれる？

  你要去便利商店的話，可以順便幫我買咖啡嗎？

2. ～に対して 以～為對象

「名詞 + に対して」，前項名詞表示行為或情感的對象，後項則表達對該名詞所做出的行為或態度。

- 彼女に対して、密かに恋愛感情を抱いている。

  我偷偷地喜歡她。

- 政府は環境問題に対して何らかの対策を取る必要がある。

  政府需要對環境問題採取某些對策。

  你也可以這樣說：

  政府は環境問題に何らかの対策を取る必要がある。

  政府需要對環境問題採取某些對策。

会話 (かいわ) ② 説話時加上「お」

「お」をつけて話 (はな) す

PLAY ALL | TRACK 12

在會議之後,鈴木又再度對川上的措詞進行了一番指導,大西部長也陪同一起練習……

川上 (かわかみ)：ふう、やっと会議 (かいぎ) が終 (お) わった。部長 (ぶちょう)、このパソコンまだ使 (つか) いますか。

呼,會議終於結束了。部長,這部電腦還要使用嗎?

鈴木 (すずき)：川上 (かわかみ) くん、違 (ちが) う違 (ちが) う。そんな時 (とき) は「お使 (つか) いになりますか」って言 (い) うのよ。

川上,不對不對。這時要說「您要使用嗎?」才對。

1. 行動 (こうどう) ⓪【名】行動、行為

• 責任感 (せきにんかん) のある行動 (こうどう) を心 (こころ) がけてください。

請謹記要做出負責任的行為。

川上（かわかみ）：え、お使（つか）い……？

咦，お使い……？

鈴木（すずき）：そう。動詞（どうし）の前（まえ）に「お」を、後（うし）ろに「になりますか」を付（つ）けるだけ。簡単（かんたん）でしょ？相手（あいて）の行動（こうどう）¹に使（つか）うのよ。

對。在動詞的前面加上「お」，後面加上「になりますか」就可以了。很簡單吧？是使用在對方的行為喔。

川上（かわかみ）：わかった。例（たと）えば「お飲（の）みになりますか」、「お読（よ）みになりますか」こんな感（かん）じだね。

我知道了。例如「您要喝嗎？」、「您要讀嗎？」這樣對吧。

大西（おおにし）：その通（とお）り。コツを掴（つか）んで²きたね。じゃあもう一（ひと）つ教（おし）えておこうかな。目上（めうえ）の人（ひと）に何（なに）かお願（ねが）いをする時（とき）には「お〜ください」と言（い）うんだよ。例（たと）えば「このパソコンをお使（つか）いください」という風（ふう）にね。

就是這樣。你抓到訣竅了呢。那再教你一招吧。對上位者有什麼請求時，可使用「請〜」。例如「請用這台電腦」這樣。

---

2. 掴（つか）みます ④【動Ｉ他】抓住、掌握
● 私達（わたしたち）は問題解決（もんだいかいけつ）の糸口（いとぐち）を掴（つか）んだ。

我們掌握了解決問題的線索。

3. 急（いそ）ぎます ④【動Ｉ他】趕緊、急忙
● 急（いそ）いで新幹線（しんかんせん）に乗（の）り込（こ）んだ。

我急忙地搭上了新幹線。

川上： なるほど。「使ってください」じゃないんですね。
よし、ちょっと練習してみてもかまいませんか。
「部長、時間がないのでお急ぎください[3]！」こんな
具合[4]でどうでしょう。

原來如此。原來不是用「使ってください」啊。好，不介意我練習說
說看吧？「部長，沒時間了，請您趕快！」這樣如何呢？

大西： いいね、使う場面があるかどうか[1]はともかく[2]、
文法的には正しいよ。

不錯，先不管有沒有使用的時機，文法上是正確的喔。

川上： ありがとうございます。部長、これからも敬語の使
い方をお教えください。

謝謝。部長，今後也請您教我敬語的用法。

大西： しょうがないな。かわいい部下のためにマナー講師も
引き受ける[5]よ。

真拿你沒辦法。為了可愛的部下，我只好當禮儀講師囉。

---

4. 具合 ⓪【名】樣子
• こんな具合にやれば
きっとうまくいきます。
照這樣做的話一定可以順利進行。

5. 引き受けます ⑤【動II他】接受
• 後輩はまた面倒な仕事を引き
受けてきた。
後輩又接了麻煩的工作回來。

 學習焦點

1. ～かどうか　是否

前面可接續名詞、い形容詞、な形容詞、動詞辭書形，表示前項所述事物不確定是否會實現。

- 外は雨かどうかわかりません。

  我不知道外面現在是否在下雨。

- 明日の会議に出席できるかどうかご連絡ください。

  請連絡我是否能出席明天的會議。

你也可以這樣說：

明日の会議に出席する かしないか ご連絡ください。

請連絡我是否能出席明天的會議。

2. ～はともかく（として）　先別說～、姑且不論

「名詞＋はともかくとして」意為先不論前項所述事物為何，優先強調後項所述事物或狀態。

- 勝敗はともかくとして、全力を出し切ったんだ。

  姑且不論勝敗，我已經卯足全力了。

- 品質はともかくとして、値段はどこよりも安いです。

  先不說品質，價格是比其他地方都便宜。

会話(かいわ) ③ 敬語程度高的尊敬語

敬語(けいご)レベルの高(たか)い尊敬語(そんけいご)

PLAY ALL | TRACK 13

對於尊敬語的程度高低，川上還是有所疑惑。所以又和鈴木展開討論……

川上(かわかみ)：そういえば、この間(あいだ)[1]「いらっしゃいます」って言葉(ことば)を使(つか)っていたけど、どうして「行(い)きます」が「いらっしゃいます」になるの？それってどんなルール[2]？

話說回來，之前你使用過「いらっしゃいます」，為什麼「行きます」會變成「いらっしゃいます」呢？有什麼規則嗎？

鈴木(すずき)：川上(かわかみ)くん、学校(がっこう)で習(なら)ったこと覚(おぼ)えてないの？

重點單字

1. この間(あいだ) ⓪【名】之前
   • 先生(せんせい)とはこの間(あいだ)会(あ)ったばかりです。
   我之前才剛和老師碰面。

2. ルール ①【名】規則
   • 国(くに)によって交通(こうつう)のルールが違(ちが)います。
   根據國家不同，交通規則也不同。

そりゃ部長も指導に苦労するはずだ[1]わ。まったく……。

川上，你都不記得在學校學過的嗎？那部長教起來一定也很辛苦啊。
真是的……。

川上：まあ、そう言わずに教えてよ。

欸，不要這麼說，請教教我吧。

鈴木：尊敬語の中には特別な[3]言い方をするものがあって、
「いらっしゃいます」はその一つ。他にも「食べる」
の意味の「召し上がります[4]」なんかもこれと同じ種
類の言い方ね。

尊敬語中有特別的說法，例如「いらっしゃいます」就是其中之一。
其他像是表示「吃」的「召し上がります」，也是同一種類的說法喔。

川上：元々の動詞の発音とは全然関連性[5]がないんだね。

它和原本動詞的發音完全沒有相關呢。

鈴木：そうなの。だからそれぞれちゃんと覚えなくちゃいけ
ないのよ。

是啊。所以要好好地把各種用法都記起來才行喔。

3. 特別（な）⓪【な形】特別（的）
• 日本は特別な文化を持って
います。
日本擁有特別的文化。

4. 召し上がります⑥【動I他】吃、享用
• どうぞお先に召し上がって
ください。
請先享用。

川上：えぇ、できるものなら避けて通りたい。これまでに勉強した敬語表現を使うんじゃダメなの？

欸，可以的話真想避開。不能只使用目前為止學到的敬語表現方式就好嗎？

鈴木：そんなに簡単な話じゃないのよ。敬語表現と言っても丁寧さのレベルがあって、この、特別な言い方をする尊敬語はレベルが一番高いの。だから仕事で使う機会も多いし、目上の人にはできる限り使ったほうがいいのよ。

才沒有那麼簡單呢。敬語表現也有分禮貌的程度，這種特殊用法的尊敬語是程度最高的。日後在工作上使用的機會很多，對於上位者也盡量使用這種尊敬語比較好喔。

川上：そっか。楽のしようがない² ってことはよくわかったので、ちゃんと勉強しまーす。

原來如此。我總算知道無法偷懶了，我會好好學習的。

---

5. 関連性 ⓪【名】關聯性
   - この地域の感染症は水質汚染との関連性が高い。

    這個地區的傳染病和水質汙染的關聯性很高。

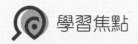 學習焦點

1. 〜はずだ 〜是理所當然的、難怪〜

「普通體＋はずだ」表示說話者根據某些事實或情況而判斷出自認理所當然的結論。若前面接續な形容詞則會變成「〜なはずだ」，接續名詞則會變成「〜のはずだ」。

• もう１０年も日本に住んでいるの？日本語が上手なはずだ。

  你已經在日本住了十年嗎？難怪你日文講得那麼好。

• 雪なのに薄着してきたの？風邪を引くはずだ。

  都下雪了你還穿這麼薄？難怪會感冒。

你也可以這樣說：

雪なのに薄着してきたの？風邪を引いちゃう のも当然だ 。

都下雪了你還穿這麼薄？難怪會感冒。

2. 〜ようがない 沒辦法〜

「動詞ます形語幹＋ようがない」表示雖然想做，但因為沒有其他方法而做不到，也可譯成「想〜也沒辦法」。或可使用「〜ようもない」。

• ドライブに行きたいけど、車も免許もないから
  行きようがない。

  想去兜風，但因為沒有汽車也沒有駕照，所以想去也沒辦法。

你也可以這樣說：

ドライブに行きたいけど、車も免許もないから
行き たくてもいけない 。

想去兜風，但因為沒有車也沒有駕照，所以想去也沒辦法。

• この段階に入った以上、変更のしようもない。

  既然已進入這個階段，就無法再做任何變更。

基礎敬語

基本禮儀

辦公室大小事

尊敬語はちょっと難しい！
尊敬語有點難！

丁寧語僅是將語尾改成「です」、「ます」、「ございます」，所以較為簡單，然而尊敬語可沒那麼容易，有些尊敬語甚至會改變整個單字。所謂的尊敬語，是透過將對方的立場抬高於自己之上，以向對方表達敬意，所以經常對上位者、客戶等對象使用。要記住使用尊敬語時，主語為對方。

● 動詞に変化を加えたもの　在動詞加上變化的用法

聞く→ お聞きになる 聽	部長、新商品の評判をお聞きになりましたか。 部長，您聽到新產品的評價了嗎？
会う→ お会いになる 見面	先生にはお会いになりましたか。 您已經與老師見面了嗎？
伝える→ お伝えになる 傳達	この件は校長から先方にお伝えになるとのことです。 聽說這件事會透過校長傳達給對方。
読む→ お読みになる 閱讀	お客様は新聞をお読みになりたいそうです。 聽說客人想讀報紙。

● 特別な形の尊敬語　特殊形態的尊敬語

する→ なさる／される 做	日本ではどんなお仕事をなさるご予定ですか。 您在日本打算從事什麼樣的工作呢？
言う→おっしゃる 說	夕方戻ると社長がおっしゃいました。 社長說他傍晚會回來。
行く→いらっしゃる／おいでになる 去	展覧会にはもうおいでになりましたか。 您已經去過展覽了嗎？
食べる→ 召し上がる 吃	よろしければ、皆様で召し上がってください。 如果可以的話，請大家享用。

● 名詞を尊敬表現にしたもの　使用名詞作為尊敬表現的用法

あなた→〇〇様／ 貴殿／貴兄 你（對方）	貴殿のご意見を伺いたく存じます。 我想聽聽您的意見。
会社→貴社／御社 公司	御社の理念に共感いたしました。 我認同貴公司的理念。
店→貴店 店家	貴店より多大なるご援助をいただき、 大変感謝しております。 受到貴店諸多援助，非常感謝。
学校→貴校／貴学 學校	貴校の益々のご発展をお祈りしております。 祝貴校更加蓬勃發展。

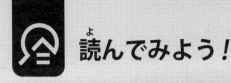

読んでみよう！

基礎敬語

基本禮儀

辦公室大小事

尊敬語のレベルの差
尊敬語的禮貌程度差異

尊敬語的變化方式有三種，即使同樣屬於尊敬語，所表達的敬意程度也不同。讓我們來看看其中的差異吧。

1 受身形「れる／られる」を使う方法

此為將動詞改成受身形「れる／られる」作為尊敬語的用法。
因為其形式單純，所以常用於日常對話中，尊敬程度較低。

- 本部長が営業所に来られました。
  本部長來事務所了。

2 動詞に変化を加えて使う方法

此為將動詞變化成「お／ご＋動詞語幹＋になる・なさる・くださる」作為尊敬語的用法。是在職場上常用的表達方式。

- 社長は何時にお帰りになりますか。
  社長幾點會回來呢？

- 週末、市長がご来店くださるそうです。
  這個週末，據說市長會光臨本店。

3 特別な 形 の尊敬語を使う方法

某些特定動詞可替換成語意相同、尊敬程度更高的動詞。此型態是所有敬語中，尊敬程度最高的，在職場中也經常被使用。

● 社長 はいらっしゃいますか。

社長在嗎？

● 新 しいパンフレットはご覧になりましたか。

您已經看過新的手冊了嗎？

4 特別な 形 の尊敬動詞には次のようなものがあります。

辞書形	尊敬語	
	普通体	丁寧体
する	なさる	なさいます
行く・来る	いらっしゃる	いらっしゃいます
いる	いらっしゃる	いらっしゃいます
食べる・飲む	召し上がる	召し上がります
寝る	お休みになる	お休みになります
死ぬ	お亡くなりになる	お亡くなりになります
言う	おっしゃる	おっしゃいます
見る	ご覧になる	ご覧になります
着る	お召しになる	お召しになります
する	なさる	なさいます
知っている	御存じだ	御存じです

基礎敬語

基本禮儀

辦公室大小事

請填入適當的答案。

☐ *1.* 自転車で危険 ＿＿＿＿ を繰り返すと、安全講習の受講義務が
　　　 命じられます。

　　　Ⓐ 行為　　　　　　　　　Ⓑ 素行
　　　Ⓒ 行儀　　　　　　　　　Ⓓ 行い

☐ *2.* 玉山は、台湾で ＿＿＿＿ 高い山として知られています。

　　　Ⓐ 大いに　　　　　　　　Ⓑ 甚だ
　　　Ⓒ 至って　　　　　　　　Ⓓ 最も

☐ *3.* 目の前のチャンスをしっかり ＿＿＿＿ から、今の生活がある。

　　　Ⓐ 掴むた　　　　　　　　Ⓑ 掴める
　　　Ⓒ 掴み　　　　　　　　　Ⓓ 掴んだ

☐ *4.* 姉がペットの犬の世話を ＿＿＿＿ くれました。

　　　Ⓐ 受け付けて　　　　　　Ⓑ 引き受けて
　　　Ⓒ 引きつけて　　　　　　Ⓓ 借り受けて

☐ *5.* 日本人にとって、元旦は ＿＿＿＿ な一日です。

　　　Ⓐ 特別　　　　　　　　　Ⓑ 特徴
　　　Ⓒ 別個　　　　　　　　　Ⓓ 厚別

6. 新しく買う＿＿＿ 燃費のいい車を買うかな。

　Ⓐ たら　　　　　　　Ⓑ けど

　Ⓒ なら　　　　　　　Ⓓ まで

7. 10代の頃は、誰でも親に ＿＿＿ 反抗したくなるものだよ。

　Ⓐ 関して　　　　　　Ⓑ 対して
　Ⓒ 対する　　　　　　Ⓓ 関する

8. 海外に住む ＿＿＿ 悩む前に、一度行ってみるべきです。

　Ⓐ からこそ　　　　　Ⓑ かぎりは

　Ⓒ かのように　　　　Ⓓ かどうか

9. この家には問題があるらしい。どうりで安い ＿＿＿。

　Ⓐ はずだ　　　　　　Ⓑ そうだ

　Ⓒ ばかりだ　　　　　Ⓓ のみだ

10. 台風で新幹線も飛行機も動いていないから、 ＿＿＿ あり

　ません。

　Ⓐ 行くましょうが　　Ⓑ 行くようが

　Ⓒ 行きようが　　　　Ⓓ 行きましょうが

解答 1Ⓐ 2Ⓓ 3Ⓓ 4Ⓑ 5Ⓓ 6Ⓒ 7Ⓑ 8Ⓓ 9Ⓐ 10Ⓒ

1-4 謙讓語

けん じょう ご

謙讓語

ご報告いたします。
向您報告。

すぐに参ります。
我馬上過去。

明日の午後に伺います。
明天午後去拜訪您。

納期を延期させていただけないでしょうか。
是否能讓我們延後交期呢？

会話 ❶ 何謂謙讓語

謙譲語とは

PLAY ALL | TRACK 16

大西部長交付川上一些工作,而川上在答覆時使用了錯誤的謙讓語……

大西:　川上くん、この仕事来週までにお願いね。

川上,這份工作請你在下週前完成喔。

川上:　はい、わかりました。それでは金曜日に進捗状況をご報告なさいます。

是,我知道了。我會在星期五報告進度。

重點單字

1. 自ら ①【名】自己

• 野生動物は自らの力で生きています。

野生動物靠著自己的力量存活。

2. いわゆる ③【連體】所謂的

• 彼はいわゆる独身貴族です。

他就是所謂的單身貴族。

大西： こらこら、まだわかっていないっぽい[1]ね。「〜なさいます」は相手の行動に使う尊敬表現だろう？自ら[1]の行動に使っちゃダメだよ。

你看，你好像還沒弄懂的樣子。「〜なさいます」是用於對方行為時的尊敬表現吧？不能用在自己的行為喔。

川上： えっ、そうなんですか？自分と相手、どちらの行動に使うかによって[2]言い方が変わるんですね。

咦，是這樣嗎？原來說法會依據對象是自己或對方而改變啊。

大西： そう。目上の人の前で、自分の行動について言う時には、いわゆる[2]「謙譲語」を使うんだよ。自分を低めて[3]、相対的に[4]相手を高める言い方なんだ。

沒錯。對上位者述說自己的行為時，會使用所謂的「謙譲語」。是一種將自己的地位降低，相對地提高對方地位的說法喔。

---

3. 低めます ④【動II他】 壓低、降低

• 人に聞かれたくないので、声を
  低めて話します。
  因為不想被別人聽到，所以壓低音量說話。

川上：なるほど。じゃあさっき⁵の「報告なさいます」は何て言ったらよかったんですか。

原來如此。那我剛才說的「報告」，應該要怎麼說才好呢？

大西：そんな時は「ご報告いたします」と言うんだ。「します」を「いたします」に変えるのが基本的な使い方だから覚えておくといいよ。

這個時候要說「向您報告」。把「します」改成「いたします」是基本的用法，要牢記喔。

川上：はい、ありがとうございます。

好，謝謝您。

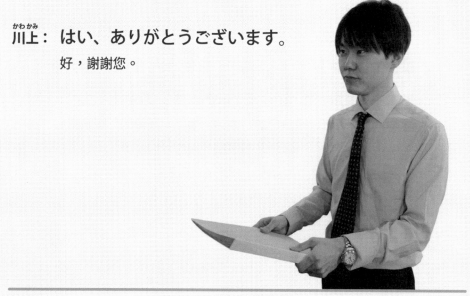

重點單字

4. 相対的（な） ⓪【な形】

相對（的）

• 人件費の上昇は相対的に就職難をもたらします。

人事費用的上升相對地提高找工作的難度。

5. さっき ①【名】剛才

• さっきの話は聞かなかったことにしてください。

剛才說的話請當作沒聽見。

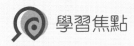 學習焦點

1. ～っぽい　～的樣子、～的感覺

「名詞／動詞ます形語幹＋っぽい」表示帶有某事物所具備的性質，大多用於負面情況。例如「男っぽい」（像男生的感覺）、「黑っぽい」（像黑色的感覺）、「ほこりっぽい」（灰塵多的樣子）等等。

- その話は嘘っぽい。

  那件事聽起來很像騙人的。

- 少し熱っぽいけど、風邪を引いたんじゃない？

  你有稍微發燒的樣子，是不是感冒了？

- 高志は飽きっぽい性格だから、何をやっても長く続かない。

  高志的性格很容易厭倦，所以不管做什麼都無法長久。

2. ～によって　因～而～

「名詞＋によって」意即根據前項名詞的差異，後項的性質或結果跟著改變。前項名詞表示種類或條件，後項的句子通常會使用「変わる」、「違う」等含有變化意涵的動詞。

- 相手によって態度を変えるのはよくない。

  依對象不同而改變態度是不好的。

- 時と場合によって、ふさわしい衣装を選んでいます。

  根據場合的不同，而選擇合適的衣著。

會話 ❶ 何謂謙讓語

79

会話 ② 特別的謙讓語

特別な謙譲語

PLAY ALL | TRACK 17

川上跑來詢問鈴木關於謙讓語的問題，結果被小小地訓話了一番……

川上：鈴木さん、謙譲語って知ってた？この間大西部長に教えてもらったんだ。

鈴木小姐，妳知道謙讓語嗎？我前陣子從大西部長那邊學了一些。

鈴木：知らないわけがない¹でしょう。社会人の基本だよ。まさか¹川上くん今頃知ったの？

怎麼可能不知道。這是社會人士的基本常識喔。你該不會現在才知道吧？

 重點單字

1. まさか ① 【副】 沒想到、該不會

• まさか彼が同窓会に来るとは思いませんでした。

我沒想到他會來同學會。

2. 厳しい ③ 【い形】 嚴格的

• 野球部の練習は非常に厳しいと有名です。

棒球隊的練習是出了名的嚴格。

川上：今日はずいぶん厳しい²ねぇ。これからしっかり覚えるつもりなんだから許してよ。

妳今天好嚴格啊。我之後會好好記住的，就饒了我吧。

鈴木：あ、じゃあこれは知ってる？「行きます」を「いらっしゃいます」っていうような特別な尊敬表現があったでしょ。その謙譲語のスタイルもあるんだよ。

啊，那你知道這個嗎？不是有把「行きます」變成「いらっしゃいます」這種特殊的尊敬表現嗎？謙讓語也有那種形態喔。

川上：えっ、冗談³でしょ。まだ新しい言葉を覚えなきゃいけないの？

咦，妳在開玩笑吧。難道還要再背誦新的詞彙嗎？

鈴木：そうよ。例えば「行きます」だったら、「参ります」とか「伺います」と言うの。

是的。例如「去」的話，就會說成「前往」或「拜訪」喔。

---

3. 冗談 ③【名】開玩笑、玩笑話

• 急に解雇だなんて冗談にも程がある。

突然解雇這種事，開玩笑也該有限度。

4. 見直します ⑤【動I他】刮目相看

• 人を助ける姿を見て、彼を見直しました。

看到他幫助人的模樣，讓我對他刮目相看了。

川上：　そうなんだ。じゃあ例えば「すぐに参ります」とか「明日の午後に伺います」という感じかな。

這樣子啊。那是不是像「我馬上前往」或「我明天下午去拜訪」這樣呢？

鈴木：　川上くん、学習能力高いじゃない。ちょっと見直した[4]よ。

川上，你學習能力很強呢。我對你有點刮目相看了。

川上：　そう思わせつつ[2]知識量は少ないんだけどね……。よし、これからたくさん使って習得する[5]ぞ！

雖然妳這麼認為，但我的知識量還不夠啦……。好，從現在開始我要常使用並熟練它！

5. 習得します ⑥【動Ⅲ他】學會、習得

• 教習所では車とバイクの運転技術を習得します。

在駕訓班裡學會汽車和機車的駕駛技術。

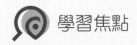 學習焦點

1. 〜わけがない　不可能〜

「普通體＋わけがない」表示說話者依照事實或某些根據，否定該事情成立的可能性，是語氣較強的否定用法。語意和「〜はずがない」相同。

- 作文<ruby>作文<rt>さくぶん</rt></ruby>のテストで、<ruby>満点<rt>まんてん</rt></ruby>を<ruby>取<rt>と</rt></ruby>れるわけがないでしょう。

  在作文考試中，應該不可能拿到滿分吧。

- こんなに<ruby>短<rt>みじか</rt></ruby>い<ruby>納期<rt>のうき</rt></ruby>では、できるわけがない。

  交貨日期這麼趕的話，不可能做得完。

  你也可以這樣說：

  こんなに<ruby>短<rt>みじか</rt></ruby>い<ruby>納期<rt>のうき</rt></ruby>では、できる はずがない 。

  交貨日期這麼趕的話，不可能做得完。

2. 〜つつ　雖然〜，卻〜

「動詞ます形語幹＋つつ」表示主語在做某事時，卻同時做了另一件事，為逆接用法。多用說話者表達後悔、吐露心聲的情況。也可使用「〜つつも」表達相同的情境。

- 彼<ruby>彼<rt>かれ</rt></ruby>に<ruby>悪<rt>わる</rt></ruby>いと<ruby>思<rt>おも</rt></ruby>いつつ、<ruby>約束<rt>やくそく</rt></ruby>を<ruby>破<rt>やぶ</rt></ruby>ってしまった。

  雖然覺得對不起他，卻還是破壞了和他的約定。

  你也可以這樣說：

  彼<ruby>彼<rt>かれ</rt></ruby>に<ruby>悪<rt>わる</rt></ruby>いと<ruby>思<rt>おも</rt></ruby>い ながら 、<ruby>約束<rt>やくそく</rt></ruby>を<ruby>破<rt>やぶ</rt></ruby>ってしまった。

  雖然覺得對不起他，卻還是破壞了和他的約定。

會話 ❷ 特別的謙讓語

会話 ③ 請求許可的謙讓語

PLAY ALL | TRACK 18

川上近來特別熱衷於練習謙讓語，和鈴木討論之後才發現自己經常犯的錯誤……

許可を求める謙譲語

川上 (かわかみ)：最近謙譲語の練習しているんだけど、「させていただきます」って謙譲語になるんだっけ？

我最近在練習謙讓語，「させていただきます」也是謙讓語嗎？

鈴木 (すずき)：そうだよ。「させてもらう」をへりくだって[1]言う謙譲表現だね。最近、いろんなところで「させていただきます」って耳にする[2]よね。

---

1. **へりくだります** ⑥【動 I 自】表現謙遜、降低身段

• 相手を敬い自らはへりくだります。

尊敬對方，而降低自己的身段。

是的。它是「させてもらう」比較謙虛的說法喔。最近，在很多地方都聽得到「させていただきます」對吧。

川上： そうそう。「納期を延期させていただけないでしょうか」とか。

對啊。像「是否能讓我延後交期呢」之類的。

鈴木： 川上くんは納期延長をお願いすることが多いだけに[1]、よく知ってるね。相手に許可を得て何かをしたい時にはよく使える表現だよね。

因為你常常需要請求延長交期，所以很清楚這個用法呢。這是要取得對方許可做某行為時，常用的表達方式喔。

川上： あとは「お伺いさせていただきます」とかもよく使うよ。

還有像「請讓我詢問」也很常使用。

鈴木： それはちょっと使い方間違ってることに気付かない[3]？

你沒有發現那句話有使用上的錯誤嗎？

---

2. 耳にします ⑤【動Ⅲ他】聽到
• 彼の悪いうわさを耳にしました。
聽到了關於他不好的傳言。

3. 気付きます ④【動Ⅰ自】發現
• しばらく経ってから誤りに気付きました。
過了一段時間後發現了錯誤。

川上：え！みんな使ってるのに、どうして間違いなの。

咦！明明大家都在使用，怎麼會是錯的呢？

鈴木：それ二重敬語っていうんだよ。「伺います」と「させていただきます」はどちらも謙譲表現でしょ。敬語を二重に⁴使うのは文法として間違いなのよ。

那叫雙重敬語喔。「伺います」和「させていただきます」都是謙讓用法對吧？重複使用敬語，在文法上是錯誤的喔。

川上：どういうこと？言っている意味がさっぱり⁵わからないよ。ああ、僕には複雑すぎる……。日本から敬語のルールがなくならないものだろうか²……。

什麼意思？你說的我完全聽不懂啊。啊，對我來說太複雜了……。沒有讓敬語法則從日本消失的方法嗎？……。

鈴木：うーん。それは無理。

唔。那是不可能的。

---

4. 二重 ⓪【名】二度、重複

- 手違いで家賃を二重に支払ってしまった。

  搞錯而付了兩次房租。

5. さっぱり ③【副】完全不～

- 電話対応に追われて、仕事がさっぱり進まない。

  一直在接電話，工作完全沒有進度。

 學習焦點

1. ～だけに　不愧是～

「普通體＋だけに」針對前項所述理由或因素，後項發生了所相應的結果、評價或推測。也常與「さすがに」一起使用。

• 彼は大学を首席で卒業しただけに、すごく優秀な人材だ。

他不愧是大學第一名畢業，是非常優秀的人才。

你也可以這樣說：

彼は大学を首席で卒業しただけあって、すごく優秀な人材だ。

他不愧是大學第一名畢業，是非常優秀的人才。

• プロの料理人だけに、さすがに料理の腕はすごいですね。

不愧是專業的廚師，果然烹飪的技術一流呢。

2. ～ないものだろうか　難道不能～嗎？

「動詞ない形＋ものだろうか」表達說話者針對某些狀況感到不滿，希望透過某種方法實現或改善。

• 雨になると浸水するという問題は、何とか解決しないものだろうか。

一到下雨就淹水的問題，難道不能設法解決嗎？

• 社員食堂の料理はもう少しおいしくならないものだろうか。

員工餐廳的料理不能再好吃一點嗎？

你也可以這樣說：

社員食堂の料理はもう少しおいしくならないだろうか。

員工餐廳的料理不能再好吃一點嗎？

會話 ③ 請求許可的謙讓語

知っておくべき！

謙譲語もちょっと難しい！
謙譲語有點難！

謙譲語是透過降低自己或己方人員的立場，來表達對對方的敬意，經常對上位者、客戶等對象使用。使用謙讓語時，主語為自己或己方人員。

● 動詞に変化を加えたもの　直接在動詞上做變化

聞く→拝聴する／うかがう 聽／詢問	社長の講演を拝聴しました。 我聽了社長的演講。
会う→お目にかかる 見面	佐藤様にお目にかかることができ、誠に光栄です。 能與佐藤先生見面，真是榮幸。
伝える→申し伝える 傳達	社長にすぐ返信するよう申し伝えますので、少々お待ちください。 我會傳達給社長請他儘快回覆您，請稍候。
読む→拝読する 閱讀	ご著書を拝読し、感銘を受けました。 我拜讀了您的著作，深受感動。

基礎敬語　基本禮儀　辦公室大小事

88

● 特別な形の謙譲語　特殊形態的謙讓語

する→いたす 做	全ての準備はこちらでいたします。 所有事情都由我們這邊準備。
言う→申し上げる 說	この度のご栄転、心よりお喜び申し上げます。 衷心祝福您這次升遷。
行く→参る 去	明日２時に御社へ参ります。 我明天兩點會去貴公司拜訪。
食べる→いただく 吃	もう十分にいただきました。 ごちそうさまでした。 我已經吃得很飽了。謝謝您的招待。

● 名詞を謙譲表現にしたもの　使用名詞作為謙讓表現的用法

自分→私／当方／ （手前ども） 我（我們）	当方からそちらにお伺いいたします。 由我這邊拜訪您。
会社→弊社 公司	弊社は今年、創立１００周年を迎えました。 敝公司今年創立一百周年了。
店→当店 店家	当店では、毎週水曜日にタイムセールを開催しております。 本店在每個星期三舉行限時特價。

読みましょう！

尊敬語と混乱しそう！
謙譲語の使い方

容易跟尊敬語搞混！謙譲語的用法

尊敬語和謙讓語最大的不同在於，尊敬語是以抬高對方的方式表示尊敬，謙讓語則是透過貶抑自己的方式表達相對的敬意。謙讓語的變化方式有利用動詞變化的方式，以及一些特殊的謙讓動詞。其中也有和尊敬語很類似的變化方式，所以非常容易搞混。即使是日本人也很容易搞混兩者的差異，所以請好好地熟記吧！

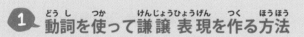

1 動詞を使って謙譲 表現を作る方法

此為將動詞變化成「お / ご＋動詞ます形語幹＋する / いたす / 申す / 申し上げる」作為謙讓語的用法。

- 皆様のご協力をお願いします。

  敬請各位協力合作。

- どうぞよろしくお願いいたします。

  請多多指教。

- この度のご受賞、心よりお祝い申し上げます。

  衷心地祝福您此次獲獎。

90

② 謙譲動詞を使う方法

此為將動詞改成謙讓動詞的用法。特殊的謙讓動詞如下：

辞書形	謙譲語	
	普通体	丁寧体
行く・来る	参る	参ります
食べる・飲む	いただく	いただきます
言う	申し上げる	申し上げます
見る	拝見する	拝見します
いる	おる	おります
する	いたす	いたします
知っている	存じている	存じております

圏圏看哪些是尊敬語？哪些是謙讓語？

ございます　　　　お願いします

おります　　　いたします　　　おっしゃいます

なさいます

いらっしゃいます

讀一讀！● 職場日語專欄

③ 敬語の間違った使い方に注意

使用敬語時，經常出現的錯誤是「雙重敬語」以及「尊敬語和謙讓語混用」。雙重敬語意指表達一件事或一項行為的句子中，使用了兩個以上的敬語。「尊敬語和謙讓語混用」則是指一個句子中同時出現了尊敬語和謙讓語的用法。常見的錯誤如下：

【二重敬語】雙重敬語

（對方）出現

✘	お見えになられる
✔	お見えになる

您要看嗎？

✘	ご覧になられますか
✔	ご覧になりますか

客人吃完了

✘	お客様がお召し上がりになられた
✔	お客様が召し上がった

讓我看看

✘	拝見させていただきます
✔	拝見します

拜訪您

✘	伺（うかが）わせていただきます
✔	伺（うかが）います

【尊敬語（そんけいご）と謙譲語（けんじょうご）の混在（こんざい）】尊敬語和謙讓語混用

是上野先生（小姐）對嗎？

✘	上野様（うえのさま）でございますね
✔	上野様（うえのさま）でいらっしゃいますね

您要哪個？

✘	どちらにいたしますか
✔	どちらになさいますか

請在那裡詢問

✘	あちらで伺（うかが）ってください
✔	あちらでお聞（き）きになってください

讀一讀！● 職場日語專欄

「お見（み）えになる」、「ご覧（らん）になる」、「召（め）し上（あ）がる」已是尊敬語，因此不需再加上「られる」這樣的尊敬語動詞變化。「拝見（はいけん）する」、「伺（うかが）う」也已是謙讓語，因此不需再加上「させていただく」這樣的謙讓表現。此外，也請多加注意尊敬語和謙讓語混用的情形。如果不小心對對方的動作誤用了謙讓語，將是非常失禮的事。因此，在會話時要特別注意句子的主語是誰，並且謹慎地使用敬語。

小テスト _{しょう}

請填入適當的答案。

1. キャンプをするときは、＿＿＿考えて行動するように
   してください。

   Ⓐ おのずと　　　Ⓑ みずから

   Ⓒ みから　　　　Ⓓ じら

2. ＿＿＿からずっと電話が鳴りっぱなしなんです。

   Ⓐ きさに　　　　Ⓑ さきに

   Ⓒ きっさ　　　　Ⓓ さっき

3. 昔の人はずいぶん＿＿＿教育を受けていたんだなあ。

   Ⓐ きやすい　　　Ⓑ けわしい

   Ⓒ けたたましい　Ⓓ きびしい

4. 消防士として人を助ける姿を見て、弟を＿＿＿ました。

   Ⓐ 見直し　　　　Ⓑ 見限り

   Ⓒ 見誤り　　　　Ⓓ 見通し

5. 今日は雲が多すぎて、富士山が＿＿＿見えません。

   Ⓐ いっきに　　　Ⓑ しっくり

   Ⓒ うっとり　　　Ⓓ さっぱり

6. 仕事が終わらないので、飲み会に参加するのは ＿＿ です。

Ⓐ 無理っぽい　　　　Ⓑ 無理ふう

Ⓒ 無理よう　　　　Ⓓ 無理らしい

7. この電車は時間 ＿＿ 混み具合が違います。

Ⓐ によれば　　　　Ⓑ によりけり

Ⓒ によると　　　　Ⓓ によって

8. 彼はもう３年も働いていないから、お金がある ＿＿ よ。

Ⓐ わけがない　　　　Ⓑ わけでない

Ⓒ ようでない　　　　Ⓓ はずだ

9. このホテルは歴史のある一流ホテル ＿＿ 、サービスがすばらしい。

Ⓐ らしい　　　　Ⓑ だが

Ⓒ だけあって　　　　Ⓓ だけの

10. 新しい家が買いたい。なんとか給料が上がら ＿＿ 。

Ⓐ ないものです　　　　Ⓑ ないものだろうか

Ⓒ ないわけにはいかない　Ⓓ なくてもいい

解答 1Ⓑ 2Ⓓ 3Ⓓ 4Ⓐ 5Ⓓ 6Ⓐ 7Ⓑ 8Ⓐ 9Ⓒ 10Ⓑ

1-5 接遇用語
せつ ぐう よう ご

接待用語

接遇用語は、来客などに対
応するときの特別な言葉遣
いのことよ。
接待用語是用在接待客人時用的特別用語喔。

念のため、お伝えしておき
ます。
慎重起見先和你說。

あいにくですが……。
非常不巧……。

さようでございます。
正是如此。

会話 ❶ 何謂接待用語

基礎敬語

基本禮儀

辦公室大小事

接遇用語とは

04

PLAY ALL | TRACK 21

以為自己的敬語已萬無一失的川上，意外地從鈴木口中得知另一種完全沒聽過的敬語……

川上： 丁寧語も尊敬語も謙讓語も一通り[1]練習したし、これでもう敬語はバッチリだね。

丁寧語、尊敬語和謙讓語大致都練習過一輪了，這樣一來我的敬語很完美了吧。

鈴木： いやいや。まだだよ、川上くん。接遇用語もビジネスシーンには絶対必要だからね。

不不，還早喔，川上。接待用語在工作場合上也是必須的喔。

 重點單字

1. 一通り ⓪【副/名】大致
• 大量の報告書に一通り目を通した。
大致看了一下大量的報告文件。

2. 甘い ⓪【い形】不周全的、天真的
• いつも君は見通しが甘いんだ。
你的計劃總是不夠周全。

川上：接遇用語？なにそれ。初めて聞く言葉なんですけど。しかも難しそう¹だし……。

接待用語？那是什麼？我還是第一次聽到這個詞。而且聽起來感覺很難……。

鈴木：接遇用語は、来客などに対応するときの特別な言葉遣いのことよ。社会人としては、敬語はもちろん、状況に応じて接遇用語も使えるようにならなくちゃね。

接待用語是接待客人時用的特殊用語喔。身為社會人士，當然要會敬語，但根據狀況也有必須使用接待用語的時機喔。

川上：最初は何から覚えていけばいいの？簡単なところからお願いします。

一開始先從哪個來記比較好呢？請你從簡單的開始教我。

鈴木：そうだね、まずは人の呼び方がいいかもね。川上くんは、「僕」とか言いかねない²もんね。

好，先從人的稱呼方式開始好了。川上，你可能不小心使用了「僕」自稱對吧？

---

3. 念 ⓪【名】細心、謹慎
- 念には念を入れて安全の確認をしてください。

請特別細心地注意安全。

4. 寄り添います ⑤【動I自】陪伴
- 私が辛いときに、あの人は寄り添ってくれた。

在我痛苦的時候，那個人陪伴著我。

川上：最近ちゃんと「わたし」って言ってます。これは徹底してるもんね。

我最近都好好地用「わたし」來自稱了。這點我有徹底做到喔。

鈴木：甘い[2]な。接遇用語だと「わたくし」になるのよ。念[3]のためお伝えしておきますね。

真是設想不周啊。接待用語的話，要用「わたくし」喔。慎重起見先和你說一下。

川上：ああ、なんか面倒くさそう。もう少し簡単だったらいいのに……。

啊，感覺好麻煩。可以再簡單一點的話多好啊……。

鈴木：接遇の基本はお客様の気持ちや状況に寄り添う[4]ことよ。おもてなし[5]の心ね。

接待的基本概念就是貼近客戶的心情或狀況。也就是抱持款待客人的心啊。

5. もてなし ⓪【名】款待

• あの旅館で手厚いもてなしを受けました。

我在那家旅館受到熱情的款待。

 學習焦點

1. 〜そう（看起來）好像〜

「い形容詞去掉い / な形容詞去掉な＋そう」表達說話者根據所見對事物做出推斷。需注意有兩個例外是「いい」要改成「よさそう」，「ない」要改成「なさそう」。

- 今回のプロジェクトは難しそうだ。

  這次的專案似乎很難的樣子。

- 見た感じでは、あの橋は丈夫そうだ。

  那座橋看起來好像很堅固。

- あの二人は仲がよさそうだ。

  那兩個人好像感情不錯。

2. 〜かねない　恐怕〜、很可能會〜

「動詞ます形語幹＋かねない」表達對於某些行為或狀況，帶來不好的結果，也傳達說話者對該情況感到害怕或擔心的心情。

- 雨がこのまま続いていたら、試合も中止になりかねない。

  如果雨就這樣一直下不停的話，比賽可能會暫停。

- あまり無理すると、体を壊しかねないよ。

  太勉強自己的話，可能會弄壞身體喔。

> **你也可以這樣說：**

あまり無理すると、体を壊してしまうかもしれないよ。

太勉強自己的話，可能會弄壞身體喔。

会話 ② 常用的接待用語

よく使う接遇用語

PLAY ALL | TRACK 22

從接待用語的定義到特殊的表達方式，川上和鈴木兩人開始討論一些常見的接待用語 ......

川上： 接遇用語って、接客業の人がよく使うあの言葉のことだよね。

接待用語，是服務業的人常用的詞語對吧。

鈴木： そうなんだけど、もっと細かく[1]いうと接客と接遇は別個[2]のものなんだよ。

話是沒錯，但再細分的話，接待客人和接待兩者是不同的喔。

重點單字

1. **細かい** ③【い形】詳細的
   - 移転の計画を細かく練ります。

   要仔細研擬搬遷計畫。

2. **別個** ⓪【名】個別不同的事物
   - それとこれとは全く別個のものだ。

   這個和那個是完全不同的東西。

102

川上：接遇は相手に対して、尊敬の気持ちやおもてなしの

心をもって接する³ことだったよね。

接待是指懷抱著尊敬對方的心情或款待的心來接待對吧。

鈴木：そう。それに対して、接客っていうのは接遇の心を

もって、サービスを利用されるお客様をもてなす行

為のことなんだよ。

沒錯。相對來說，接待客人則是懷著接待的心，款待前來消費的客人
的行為。

川上：なるほど。「接客」というのは¹仕事としてお客様

をもてなすことを指すんだね。

原來如此。「接待」是指款待客人的這份工作對吧。

鈴木：まずは、よく使う接遇用語から覚えていこう。

首先，先記住常用的接待用語吧。

---

3. **接します** ④【動Ⅲ他】接待

• 笑顔でお客様に接して

くださいね。

請用笑容接待客人。

4. **なんとなく** ④【副】大致上、總覺得

• 彼の病状についてはなんとなく知っ

ていた。

總覺得知道他的病情。

川上：人の呼び方は、なんとなく[4]わかったよ。「わたし」は「わたくし」になって、「わたしたち」は「わたくしども」、相手のことを呼ぶときは「あなた様」か「そちら様」にすればいいよね。

我大致上知道稱呼人的方式了。「我」變成「わたくし」、「我們」變成「わたくしども」、稱呼對方時用「あなた様」或「そちら様」就可以了對吧。

鈴木：そうそう。あとは、特別な言い回し[5]を覚えておくといいと思うよ。

沒錯。還有，也先將特別的表達方式記起來比較好喔。

川上：「あいにくですが」とか「さようでございます」とか？

「很不巧」或「正是如此」之類的嗎？

鈴木：すごい！面倒くさいとか言ってたわりに[2]まじめに勉強してるじゃない。

厲害！雖然你嘴裡說很麻煩，但認真地學了不少呢。

---

5. 言い回し ⓪【名】說法

- 日本語には独特の言い回しがたくさんある。

  日語中有許多獨特的說法。

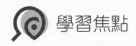 學習焦點

1. ～というのは　所謂～，就是～

「名詞＋というのは」用來說明該名詞的性質、定義。後項的解釋或說明之後，常常接續「～ことだ」、「～という意味だ」等。書面上則可使用「とは」替代。

* 「ほうれんそう」というのは、報告、連絡、相談のことです。

  所謂的「ほうれんそう」，意指報告、聯絡、商量。

  你也可以這樣說：

  「ほうれんそう」とは、報告、連絡、相談のことです。

  所謂「ほうれんそう」，意指報告、聯絡、商量。

* 「ＫＹ」というのは、空気を読めないという意味だ。

  所謂的 KY，意指不會察言觀色。

---

2. ～わりに（は）　明明～，卻～

「普通體＋わりに（は）」表達前項所述之條件或程度，與後項所述事實不相符。

* お腹がすいたといっていたわりには、あまり食べないんだね。

  你明明說肚子餓了，可是卻吃很少呢。

  你也可以這樣說：

  お腹がすいたといっていた のに、あまり食べないんだね。

  你明明說肚子餓了，可是卻吃很少呢。

会話 ③ 使用緩衝用語

かい わ

クッション言葉を使おう
こと ば　　　　　つか

針對一些常用的緩衝用語，鈴木
為川上準備了一些練習題……

鈴木： さて。今日は接遇用語としてのクッション言葉を練
すず き　　　　　きょう　　せつぐうようご　　　　　　　　　　　　　こと ば　　れん
習するよ。
しゅう

那麼，今天就來練習作為接待用語的緩衝用語吧。

川上： クッション言葉？その言葉はどこかで聞いたような気
かわかみ　　　　　　　　こと ば　　　　　こと ば　　　　　　　　　　き　　　　　　　　き
がする……。

緩衝用語？感覺好像在哪裡聽過這個詞……。

重點
單字

1. 常に ① 【副】 總是
つね
• 妹 は常に株価を気に
いもうと　つね　かぶか　き
している。
我的妹妹總是很留意股價。

2. 思い返します ⑦ 【動Ⅰ他】 回想
おも　かえ
• 学生時代を思い返して懐かし
がくせい じ だい　おも　かえ　　　　なつ
くなった。
我回想起學生時代，覺得很懷念。

鈴木：相手に何かお願いやお断りをするときに、言葉の中に挟むちょっとした言葉のことだよ。

是在請求或拒絕對方時，穿插在對話中的用語喔。

川上：「恐れ入りますが」とか「申し訳ございませんが」とかのこと？

像是「不好意思」或「非常抱歉」這類句子嗎？

鈴木：そうそう。クッション言葉は常に[1]使うし練習しておくといいよ。上手に使うことによって[1]相手に柔らかい印象を与えることもできる[2]しね。

沒錯。緩衝用語因為很常用，所以先練習比較好喔。善用緩衝用語，也能給對方留下柔和的印象。

川上：思い返して[2]みたら、僕も普段[3]から無意識に[4]使ってるよね。クッション言葉って。

回想起來，我平常也不自覺地使用了所謂的緩衝用語呢。

---

3. 普段 ①【名】平常
- 彼は普段札幌に住んでいます。
他平常住在札幌。

4. 無意識（な）②【な形】無意（的）
- 人は無意識に他人を傷つけることがある。
人有時會在無意中傷到他人。

鈴木： そうだよ。留守電のメッセージでも「申し訳ございませんが、只今[5]の時間は営業時間外となっております。恐れ入りますが、営業時間内に改めておかけ直しください。」って言ってるよね。

是啊。像是答錄機的留言也會說「很抱歉，現在是非營業時間。不好意思，請您於營業時間內再來電。」

川上： 本当だね。みんなよく使うし、どこでも耳にするから覚えやすそう。

真的呢。大家很常用，而且無論在哪都會聽到，感覺很容易記住。

鈴木： そうだよ。あ、6時半だ。川上くん、わたくし本日デートの約束があるもので、恐れ入りますがお先に失礼いたします。あとは自分で頑張って！

是啊。啊，六點半了。川上，因為我今天有約會，非常抱歉，我先告辭了。剩下的請你自己加油！

川上： え！彼氏いたんだ！

咦！妳有男朋友啊！

重點單字

5. 只今 ②【名】現在

• 只今の時刻は午後5時30分です。
　現在的時間是下午五點半。

 學習焦點

1. ～によって　透過～、用～的方式

「名詞＋によって」表示透過某些手段或方法，但此句型並不適用於單純使用某工具的情況。如「このペンによって書いてください」是錯誤的用法。此時應使用「このペンで書いてください」。

- 両者がよく話し合うことによって、大抵の問題は解決できるはずだ。
  透過雙方好好討論，大部分問題應該都可以解決。

- 今回の試合によって、仲間たちとの絆が深まった。
  透過這場比賽，夥伴們之間的情意更加深刻了。

2. ～ことができる　能夠～、可以～

「名詞／動詞辭書形＋ことができる」表示具備作某事的能力，也可用於表示許可聽話者做某行為。「～こともできる」則表示除了原本的能力以外，也能做到其他事。

- 成人したら、お酒を飲むことができますよ。
  成年之後就可以喝酒了。

- 私はフランス語を話すこともできます。
  我也會說法語。

會話 **3** 使用緩衝用語

知（し）っておくべき！

接遇用語（せつぐうようご）でなんという？
接待用語該怎麼說呢？

1 人（ひと）の呼（よ）び方（かた）
人稱的説法

> 接待用語中首先應該學習的是「人稱的説法」。由於使用頻率高，而且如果用錯了的話會非常失禮，所以務必事先確認清楚。為了在接待客人時能夠流暢應達，建議平時可以反覆練習。

對象	接待用語	例句
私（わたし） 我	わたくし	わたくしが担当（たんとう）いたします。 這次的負責人由我來擔任。
わたしたち 我們	わたくしども	わたくしどもでは対応（たいおう）いたしかねます。 我們無法處理。
相手（あいて）の会社（かいしゃ） 對方的公司	御社（おんしゃ）／〇〇様（さま） （〇〇＝社名（しゃめい））	御社（おんしゃ）の商品（しょうひん）についてお聞（き）かせください。 請您介紹貴公司的商品。
自分（じぶん）の会社（かいしゃ） 自己的公司	弊社（へいしゃ）／当社（とうしゃ）／ わたくしども	弊社（へいしゃ）は駅（えき）から徒歩（とほ）5分（ごふん）のところにあります。 敝公司位於距離火車站走路五分鐘即可抵達的位置。

對象	接待用語	例句
ほんにん 本人 本人	あなた様／そち ら様／ご本人様	こちらにご本人様（ほんにんさま）のサインをお願（ねが）いします。 請在這邊簽上本人的姓名。
あの人（ひと） 那位	あの方（かた）／ あちらの方（かた）	あちらの方（かた）が部長（ぶちょう）をお呼（よ）びです。 那位客人在找部長。
だれ 誰 誰	どなた様（さま）／ どちら様（さま）	失礼（しつれい）ですが、どなた様（さま）でしょうか。 不好意思，請問是哪位？
どうこうしゃ 同行者 陪同者	お連（つ）れ様（さま）／ お連（つ）れの方（かた）	お連（つ）れ様（さま）はこちらにお座（すわ）りください。 請陪同者坐在這裡。
おっと 夫 丈夫	旦那様（だんなさま）／ ご主人様（しゅじんさま）	ご主人様（しゅじんさま）にもどうぞよろしくお伝（つた）えください。 請幫我向您的丈夫問好。
つま 妻 妻子	奥様（おくさま）	いつも奥様（おくさま）には大変（たいへん）お世話（せわ）になっております。 平常承蒙您妻子的照顧。
むすこ 息子 兒子	ご子息（しそく）／ご令息（れいそく） ／お坊（ぼっ）ちゃま	ご子息（しそく）は今年（ことし）おいくつですか。 您的兒子今年幾歲呢？
むすめ 娘 女兒	ご息女（そくじょ）／ご令嬢（れいじょう） ／お嬢様（じょうさま）	お嬢様（じょうさま）のご結婚（けっこん）おめでとうございます。 恭喜您女兒結婚。

2 よく使う接遇用語
常用的接待用語

除了經常出現的人稱以外，以下介紹其他常用的接待用語。在前面的會話中也提到，接待用語中的用詞有許多是在日常生活中少見的特殊用法，因此建議個別學習。

一般說法	接待用語	例句
一応（いちおう） 為求慎重	念のため（ねん）	念（ねん）のため、ご連絡先（れんらくさき）をお知（し）らせください。 為求慎重，麻煩您留下聯絡方式。
少（すこ）し／ちょっと 稍微	少々（しょうしょう）	こちらで 少々（しょうしょう） お待（ま）ちくださいませ。 請在這裡稍等。
用件（ようけん） 事情	ご用件（ようけん）	どのようなご用件（ようけん）でしょうか。 請問您有什麼事嗎？
今日（きょう） 今天	本日（ほんじつ）	本日（ほんじつ）はお休（やす）みを 頂戴（ちょうだい）しております。 我今天請假。
明日（あした） 明天	明日（みょうにち）	明日（みょうにち）は 出社（しゅっしゃ）いたします。 我明天會上班。
今年（ことし） 今年	本年（ほんねん）	本年（ほんねん）もよろしくお願（ねが）い申（もう）し上（あ）げます。 今年也請多多指教。

基礎敬語

基本禮儀

辦公室大小事

112

一般說法	接待用語	例句
ごめんなさい 抱歉	申_{もう}し訳_{わけ}ございません	誠_{まこと}に申_{もう}し訳_{わけ}ございません。 真的很抱歉。
この前_{まえ} 之前	先日_{せんじつ}	先日_{せんじつ}お問_とい合_あわせいただきました件_{けん}ですが……。 關於您之前詢問的事情……。
あとで 之後	後_{のち}ほど	後_{のち}ほどご連絡_{れんらく}差_さし上_あげます。 稍後會再與您聯絡。
どうしましょう 該怎麼辦	いかがいたしましょうか	お荷物_{にもつ}はいかがいたしましょうか。 您的行李該如何處理呢？
そうです 正是如此	さようでございます	はい。さようでございます。 是，正是如此。
さっき 剛才	先程_{さきほど}	先程_{さきほど}お電話_{でんわ}差_さし上_あげた者_{もの}です。 我是剛才打電話給您的人。
できません 無法做到	いたしかねます	このような場合_{ばあい}ですと、返金_{へんきん}はいたしかねます。 這種情況的話，無法退費。
すぐに 馬上	さっそく	さっそく、上_{うえ}のものに申_{もう}し伝_{つた}えます。 我會馬上通知上司。

基礎敬語

基本禮儀

辦公室大小事

職場に飛び交うクッション言葉
職場常見的緩衝用語

緩衝用語是用於拜託他人、回絕請求、反駁對方時，置於想說的話前面的用語。因為使用緩衝用語可以避免過於直接的表達方式，而能給對方有禮貌、體貼的印象。像帶有否定性質的話題，因為讓人比較難開口，若是運用緩衝用語的話，則可以好好地向對方傳達且不失禮數，可說是日本商務場合必備的談話技巧。在此介紹一些常見的、具代表性的緩衝用語用法。

1 尋ねる時

失礼ですが　不好意思……

- 失礼ですが、お名前を 伺ってもよろしいですか。

  不好意思，可以請問您的名字嗎？

もしよろしければ　如果方便的話……

- もしよろしければ、相談に乗っていただけないでしょうか。

  如果方便的話，可以跟您商量嗎？

差し支えなければ　如果不介意的話……

- 差し支えなければ、ご用件を 伺いますが……。

  如果不介意的話，我可以聽您說……。

② お願いする時

恐れ入りますが　不好意思……
- 恐れ入りますが、しばらくこちらでお待ちください。

  不好意思，請在這裡稍等一下。

お手数をおかけしますが　麻煩您……
- お手数をおかけしますが、こちらの書類にご記入ください。

  麻煩您，請填寫這個文件。

ご面倒をおかけいたしますが　不好意思・給您添麻煩了……
- ご面倒をおかけいたしますが、返送をお願いいたします。

  不好意思，給您添麻煩了，請幫忙回傳。

③ 反論する時

お言葉を返すようですが　恕我直言……
- お言葉を返すようですが、その案には賛成いたしかねます。

  恕我直言，我無法贊同那則方案。

おっしゃることはわかりますが　我明白您說的……
- おっしゃることはわかりますが、少々無理があるかと思います。

  我明白您的意思，但我覺得有點困難。

④ 拒否する時

申し訳ございませんが　不好意思……
- 申し訳ございませんが、今回は欠席させていただきます。

  不好意思，這次我不會出席。

残念ながら　很遺憾……
- 残念ながら、ご期待に沿うことはむずかしそうです。

  很遺憾，看來很難滿足您的期待。

小テスト

請填入適當的答案。

1. 母は健康管理が ＿＿＿ から、めったに風邪をひかない。
   - Ⓐ 徹底される
   - Ⓑ 徹底だ
   - Ⓒ 徹底した
   - Ⓓ 徹底している

2. 外国人のお客様にどんな ＿＿＿ をしようかな。
   - Ⓐ おもてうら
   - Ⓑ おもてなし
   - Ⓒ おもてなす
   - Ⓓ おもいで

3. ＿＿＿ 話はあとにして、まずは食事にしよう。
   - Ⓐ 細い
   - Ⓑ 些細な
   - Ⓒ 細かい
   - Ⓓ 細部な

4. 私は上司として、部下に平等に ＿＿＿ ようにしています。
   - Ⓐ 接する
   - Ⓑ 接近する
   - Ⓒ 接待の
   - Ⓓ 接触の

5. 室内で動物を飼っているので、室温は ＿＿＿ ２５度に
   設定しています。
   - Ⓐ 常に
   - Ⓑ 非常に
   - Ⓒ 常は
   - Ⓓ 非常な

6. この本は内容が満載で勉強になり＿＿＿なあ。

　Ⓐ にくい　　　　　　　Ⓑ たい

　Ⓒ そうだ　　　　　　　Ⓓ がたい

7. このまま野生動物を保護しなければ、近い将来に
絶滅＿＿＿。

　Ⓐ しかねない　　　　　Ⓑ すかねない

　Ⓒ させかねない　　　　Ⓓ しかたない

8. 「台大」＿＿＿、国立台湾大学のことです。

　Ⓐ といっても　　　　　Ⓑ といえども

　Ⓒ というのは　　　　　Ⓓ というより

9. このマンションは、中古の＿＿＿高いと思う。

　Ⓐ わりで　　　　　　　Ⓑ わけで

　Ⓒ わけに　　　　　　　Ⓓ わりに

10. 毎日３０分のランニングで５キロくらい痩せる＿＿＿。

　Ⓐ ことだった　　　　　Ⓑ ことができた

　Ⓒ ができた　　　　　　Ⓓ られた

解答 1ⓓ 2ⓑ 3ⓒ 4ⓐ 5ⓐ 6ⓒ 7ⓐ 8ⓒ 9ⓓ 10ⓑ

2-1 日本の社会人の基本：身だしなみ＆挨拶

日本社會人士的基本：儀容與問候

ご指摘された通りです。
您說的是。

改まってどうしたの。
突然鄭重其事地怎麼啦？

お疲れさまでした。
您辛苦了。

相手に応じてお辞儀を変えるのは社会人のマナーですよ。
因對象不同而採取不同的敬禮方式，是社會人士的基本禮儀喔。

会話 ① 第一印象很重要

第一印象が重要
だいいちいんしょう　じゅうよう

🎵 PLAY ALL | TRACK 26

川上跟佐藤在辦公室。佐藤一看到川上的儀容就忍不住吐槽他……

佐藤：川上くん、おはようございます。今朝は寝坊してギリ
さとう　　　　かわかみ　　　　　　　　　　　　　　けさ　ねぼう

ギリだったんですか。

川上，早安。你今天早上睡過頭，所以趕著上班嗎？

川上：先輩おはようございます。どうして寝坊したことをご
かわかみ　せんぱい　　　　　　　　　　　　　　　　ねぼう

存知なんですか。
ぞんじ

前輩早安。您怎麼知道我睡過頭？

重點單字

1. 第一印象 ⑤【名】第一印象
だいいちいんしょう

• 第一印象が大事ですよ。
だいいちいんしょう　だいじ

第一印象很重要喔。

2. 指摘します ⑤【動Ⅲ他】指出
してき

• 問題点を指摘する。
もんだいてん　してき

指出問題點。

基礎敬語　基本禮儀　辦公室大小事

120

佐藤： その寝癖をはじめとして[1]、むくんだ顔、曲がったネクタイ、誰がどう見ても寝坊でしょう。

看你頭髮的壓痕、浮腫的臉、歪掉的領帶，不管誰看都知道你睡過頭吧。

川上： 実は昨日お客さんと懇親会があって、帰宅が遅くなってしまったんです。

其實是我昨天跟客戶聚餐，回到家已經很晚了……。

佐藤： なるほどね。とはいえ[2]、そんな見た目でお客様と面談したら第一印象[1]で損をしますよ。

原來如此。雖說如此，你這個樣子跟客戶會面的話，有損第一印象喔。

川上： ご指摘された[2]通りです。社会人として見た目を整える[3]のは基本でした。

前輩說的是。作為社會人士儀容整潔是最基本的。

佐藤： そうですね。反省はさておき、早く見た目を整えてきてください。

是啊。先別急著反省了，快去把儀容整理好。

---

3. 整えます ⑤【動Ⅱ他】整理
- 机の上を整えてください。

  請整理桌面。

4. 乱れます ④【動Ⅱ自】亂掉
- 髪型が乱れていますよ。

  你髮型亂了喔。

川上：そうですね。すみません。

是。不好意思。

佐藤：身だしなみが乱れて[4]いると、せっかくのイケメンが
台無し[5]ですよ。

難得長得那麼帥，如果不注重儀容的話，那真的浪費了啊。

 重點
單字

5. 台無し ⓪【名】白費

• 雨で旅行の計画が台無しになった。

因為下雨所以旅行的計畫都白費了。

 **學習焦點**

1. 〜をはじめとして 以〜為代表、以〜為首

「名詞＋をはじめとして」以前項名詞做為具代表性的事物，來類比後項所述事物的範圍或性質。此句型常用於介紹事物。

• 東京にはスカイツリーをはじめとして、たくさんの観光スポットがある。

在東京以晴空樹為代表，還有許多的觀光景點。

> **你也可以這樣說：**

東京にはスカイツリー をはじめ 、たくさんの観光スポットがある。

在東京以晴空樹為代表，還有許多的觀光景點。

• 台湾バナナをはじめとして、今年はたくさんの台湾産の果物が日本に輸入されました。

以台灣香蕉為首，今年有許多台灣產的水果進口日本。

---

2. とはいえ 雖說〜

「普通體＋とはいえ」表示認同「とはいえ」前面所述事實，但同時對此事實提出相反的意見或狀態。

• 試験に合格できなかった。とはいえベストは尽くしたと思う。

考試沒有合格。但是我認為我已經盡力了。

> **你也可以這樣說：**

試験に合格できなかった。 けれども ベストは尽くしたと思う。

考試沒有合格。但是我認為我已經盡力了。

• 結婚したいとはいえ、お見合いをする気は一切ない。

雖然想結婚，但我完全不想相親。

会話 ② 基本問候
かい わ

基本の挨拶
き ほん　　　あい さつ

PLAY ALL | TRACK 27

鈴木一反常態地跑來找川上，想跟川上商量她的煩惱⋯⋯

鈴木：　川上くん、お疲れさまです。今ちょっと時間いい？
すず き　　　かわ かみ　　　　　　つか　　　　　　　　　いま　　　　　　　　じ かん

　　　　川上，辛苦了。現在有時間嗎？

川上：　お疲れさま。大丈夫だよ。改まって¹ どうしたの。
かわ かみ　　　つか　　　　　だい じょう ぶ　　　あら た

　　　　辛苦了。沒問題喔。看你一臉嚴肅，發生什麼事了嗎？

重點單字

1. 改まります ⑥【動Ⅰ自】態度變得正經
　　あら た

● 急に改まってどうしたのですか。
　きゅう　あら た

　　突然態度變得正經起來，怎麼了嗎？

鈴木： 実はさっき上司が帰る時に、「ご苦労さまでした」
って言っちゃったんだけど謝るべき[1]かな？

其實剛才主管回家的時候，我不小心說了「ご苦労さまでした」，我
應該要去道歉嗎？

川上： えっ？すごい偶然なんだけど、僕もさっき同じこと言
いかけて[2]、とっさに言い換えた[2]んだよね。

咦？很巧的是，我剛剛也差點這麼說，只是即時換了一個說法。

鈴木： 「ご苦労さま」って年上の人や上司には上から目線
で失礼な言い方なんだよね。

「ご苦労さま」對年紀比自己大的人或對主管來說，聽起來很高傲，
是比較失禮的說法對吧？

川上： そうみたいだね。人によってはそんなに気にしない[3]
みたいだけどね。

好像是呢。不過因人而異，有些人好像並不在意啊。

2. 言い換えます ⑤【動II他】換句話說
• 日本語を聞き取りやすく
言い換える。

把日文換成容易理解的說法。

3. 気にします ④【動III他】在意
• 彼は選考の結果を気にして
います。

他很在意審查結果。

鈴木： でも、気にするにしろ気にしないにしろ、謝っておくに越したことはないよね。

但是，不管對方在不在意，還是先去道歉比較好對吧。

川上： そうだね。僕たち新人[4]は上司に嫌われれば[5]それまでだからね。

是啊。畢竟我們這些新進人員要是被主管討厭就完蛋了啊。

鈴木： これからは「お疲れさまでした」って言うようにするよ。

從現在開始，我會記得說「お疲れさまでした」。

川上： それがいいかもね。これからは僕もそうするよ。

這樣比較好喔。以後我也會這麼做。

重點單字

4. 新人 ⓪【名】新進人員

• 新人は入社後に研修を受けます。

新進人員在進入公司後要接受培訓。

5. 嫌われます ⑤【動II自】被討厭

• みんな部長には嫌われたくない。

大家都不想被部長討厭。

 學習焦點

1. ～べき（だ）　應該～

「動詞辭書形＋べきだ」表示主語對某件事有負責或義務。若想表達沒有義務做某事時，可使用「～べきではない」。

- 君はもっと言葉遣いに気をつけるべきだ。

  你應該要多注意說話方式。

  你也可以這樣說：

  君はもっと言葉遣いに気をつけ たほうがいい よ。

  你應該要多注意說話方式。

- チームワークだから、一人で自分の責任を
  負うべきではない。

  因為是團隊工作，所以你不須一個人負責。

2. ～かける　～做到一半、尚未完成～

「動詞ます形語幹＋かける」表示某個動作正進行到一半的狀態，意指動作尚未完成。

- やりかけた仕事は必ず終わらせてくださいね。

  做到一半的工作請務必完成喔。

- お昼を食べかけたところに、部長に呼び出された。

  午餐吃到一半時，被部長叫過去了。

- 前回言いかけた話の続きをしましょうか。

  我們繼續把上次說到一半的事情說完吧。

会話 ③ 敬禮要仔細

お辞儀はていねいに

PLAY ALL | TRACK 28

在一樓大廳，佐藤和川上看到社長回來了，兩人趕緊打招呼……

佐藤： 川上くん、社長がお戻り[1]ですよ。
ご挨拶しましょう[2]。

川上，社長回來了喔。向他打招呼吧。

川上： は、はい。社長、お疲れさまです！

是。社長，您辛苦了！

重點單字

1. **戻り** ③【名】回來

- 今日の戻りは５時ごろの予定です。

  今天我預計五點左右回來。

2. **挨拶します** ①【動Ⅲ自】打招呼

- 展示会で顧客へ挨拶する。

  在展覽會場向客戶打招呼。

佐藤：　社長、お帰りなさいませ。

社長，歡迎您回來。

川上：　あ、またやってしまいました。敬礼すべき[3] ところを
会釈して[4] しまいました。

啊，我又做錯了。該敬禮時卻只有點頭致意。

佐藤：　やっちゃいましたね。相手に応じて[1] お辞儀を変える
のは社会人のマナーですよ。

出錯了呢。因對象不同而採用不同的敬禮方式，是社會人士的禮儀喔。

川上：　目上[5] の方や上司、お客様には敬礼すると、頭では
わかっていたんですが。

對長輩及上司、客戶都要敬禮，這些我在腦袋裡都知道的……。

佐藤：　わかればできるというものでもない[2] ですよね。私も
そうでしたよ。

雖然腦袋知道，但是卻不一定做得到。我以前也是這樣喔。

---

3. **敬礼します** ⑥【動Ⅲ自】敬禮
- 社員が会長に対して敬礼
しました。

員工向會長敬禮了。

4. **会釈します** ⑤【動Ⅲ自】點頭致意
- 彼は客人に軽く会釈して席に着
いた。

他向客人點頭致意後就入座了。

川上：佐藤さんでもそんな時代があったんですね。安心しました。

佐藤前輩也經歷過那種時期啊。那我就放心了。

佐藤：練習あるのみですよ。頑張りましょう。

只有多多練習才行。加油吧！

重點
單字

5. 目上 ⓪【名】長輩、輩分高的人

• 目上の人には敬語を使いましょう。

對輩分高的人要用敬語。

130

學習焦點

1. 〜に<ruby>応<rt>おう</rt></ruby>じて 因應〜、依照〜

「名詞＋に<ruby>応<rt>おう</rt></ruby>じて」意即因應對方的期待或要求，而做某行為。

- お<ruby>客<rt>きゃく</rt></ruby><ruby>様<rt>さま</rt></ruby>の<ruby>要<rt>よう</rt></ruby><ruby>求<rt>きゅう</rt></ruby>に<ruby>応<rt>おう</rt></ruby>じて、それぞれ<ruby>違<rt>ちが</rt></ruby>うサービスを<ruby>提<rt>てい</rt></ruby><ruby>供<rt>きょう</rt></ruby>する<ruby>必要<rt>ひつよう</rt></ruby>がある。

  依照客戶的要求，必須提供各種不同的服務。

- <ruby>季節<rt>きせつ</rt></ruby>に<ruby>応<rt>おう</rt></ruby>じて、メニューを<ruby>調整<rt>ちょうせい</rt></ruby>している。

  依照季節不同而調整菜單。

2. 〜というものではない 並非〜

「普通體＋というものではない」使用於表示以一般理論或邏輯思考，敘述「並非如此」的結論時。用於委婉地否定某些主張，或部份否定話題內容。亦常使用「〜ばいいというものではない」的形式。

- <ruby>間<rt>ま</rt></ruby>に<ruby>合<rt>あ</rt></ruby>えばいいというものではない。プロセスが<ruby>大事<rt>だいじ</rt></ruby>なのです。

  並非能趕得上就好。過程也很重要。

  你也可以這樣說：

  <ruby>間<rt>ま</rt></ruby>に<ruby>合<rt>あ</rt></ruby>えばいい とはいえない 。プロセスが<ruby>大事<rt>だいじ</rt></ruby>なのです。

  並非能趕得上就好。過程也很重要。

- <ruby>大学<rt>だいがく</rt></ruby>の<ruby>勉強<rt>べんきょう</rt></ruby>は、ただいい<ruby>点数<rt>てんすう</rt></ruby>を<ruby>取<rt>と</rt></ruby>ればいいというものではない。

  大學學業並非只是在考試中獲得好成績就好了。

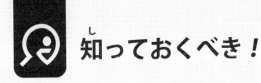

オフィスでの常用あいさつ

辦公室常用問候語

打招呼被視為建立人際關係的基礎。因此爽朗地打招呼，給周圍的人留下好的印象吧。
以下介紹幾種常用的問候語。

情境一 早上十一點前使用 「おはようございます」

川上： 課長、おはようございます。

課長，早安。

課長： おはよう、今日も元気だね。

早，你今天也很有精神呢。

基礎敬語

基本禮儀

辦公室大小事

十一點過後使用「お疲れさまです」

情境二

川上： 鈴木さん、お疲れさまです。
鈴木，辛苦了。

鈴木： お疲れさまです。
你也辛苦了。

下班時使用「お先に失礼します」

情境三

川上： それでは、お先に<u>失礼いたします</u>。
那麼，我先離開了。　　　　　　　　　→ 是更禮貌的説法

佐藤： 本日もお疲れさまでした。また明日。
今天辛苦了，明天見。

情境四 在公司內與其他公司的人會面時使用「お世話になっております」

川上（かわかみ）：東山社長（ひがしやましゃちょう）、いつも大変（たいへん）お世話（せわ）になっております。

東山社長，一直以來承蒙您的關照。

東山（ひがしやま）：こちらこそ、お世話（せわ）になっております。

哪裡，謝謝您的關照。

情境五 自己外出時使用「行（い）ってきます」

川上（かわかみ）：旭文商事（あさひぶんしょうじ）へ行（い）ってまいります。今日（きょう）はこのまま戻（もど）りません。

> 是更禮貌的說法

我去旭文商事。今天就不會再回公司了。

課長（かちょう）：了解（りょうかい）。よろしく頼（たの）むよ。

知道了。拜託你了。

情境六

其他人外出時使用「行ってらっしゃい」

課長： 旭文商事へ行ってきます。

我去旭文商事了。

川上： 承知しました。お気をつけて<u>行ってらっしゃ</u>
<u>いませ</u>。

↳ 是更禮貌的說法

我知道了，請注意安全，您慢走。

情境七

從外面回來時使用 「ただ今戻りました」

川上： ただ今戻りました。

我回來了。

鈴木： お帰りなさい。お疲れさまでした。

歡迎回來。辛苦了。

<ruby>読<rt>よ</rt></ruby>んでみよう！

<ruby>日本<rt>にほん</rt></ruby>スタイル？
<ruby>お辞儀<rt>じぎ</rt></ruby>の<ruby>種類<rt>しゅるい</rt></ruby>

日式風格？敬禮的種類

日式風格的敬禮分為三種姿勢。分別依照低頭的角度而具有不同意義，請依據不同場合適當地使用。

....

1 お<ruby>辞儀<rt>じぎ</rt></ruby>する<ruby>時<rt>とき</rt></ruby>のポイント

敬禮時的重點

1. <ruby>手<rt>て</rt></ruby>の<ruby>位置<rt>いち</rt></ruby>

手的位置

男性：雙手貼放於大腿兩側／女性：雙手輕輕交疊於肚臍下方

2. <ruby>他<rt>ほか</rt></ruby>の<ruby>動作<rt>どうさ</rt></ruby>と<ruby>一緒<rt>いっしょ</rt></ruby>に<ruby>行<rt>おこな</rt></ruby>わない

不要與其他動作一起進行

3. <ruby>相手<rt>あいて</rt></ruby>より<ruby>先<rt>さき</rt></ruby>に<ruby>頭<rt>あたま</rt></ruby>を<ruby>上<rt>あ</rt></ruby>げない

不要比對方先將頭抬起來

4. <ruby>頭<rt>あたま</rt></ruby>を<ruby>下<rt>さ</rt></ruby>げる<ruby>時<rt>とき</rt></ruby>は<ruby>少<rt>すこ</rt></ruby>し<ruby>早<rt>はや</rt></ruby>く、<ruby>上<rt>あ</rt></ruby>げる<ruby>時<rt>とき</rt></ruby>はゆっくりと

低頭的速度稍微快一點，抬頭時稍微緩慢

5. <ruby>厳粛<rt>げんしゅく</rt></ruby>な<ruby>場<rt>ば</rt></ruby>、<ruby>謝罪<rt>しゃざい</rt></ruby>の<ruby>時<rt>とき</rt></ruby><ruby>以外<rt>いがい</rt></ruby>は「<ruby>笑顔<rt>えがお</rt></ruby>」で

除了嚴肅和道歉的場合以外，請保持笑容

基礎敬語

基本禮儀

辦公室大小事

❷ 会釈
えしゃく
點頭致意

15°

是最基本、輕微的敬禮。點頭致意時，身體和頭之間呈現十五度角。用於和人擦身而過之時。

❸ 敬礼
けいれい
敬禮

是經常使用的敬禮方式。敬禮時，身體和頭之間呈現三十度角。用於對長輩、主管及客戶致意之時。

30°

❹ 最敬礼
さいけいれい
最敬禮

是最鄭重的敬禮方式。最敬禮時，身體和頭之間呈現四十五度角。用於表達深深的感謝及道歉時。

45°

讀一讀！● 職場日語專欄

小テスト

請填入適當的答案。

☐ *1.* まさに佐藤さんに ＿＿＿ とおりです。

    Ⓐ 指摘された   Ⓑ おっしゃいます

    Ⓒ 指摘させる   Ⓓ おっしゃったの

☐ *2.* 呼吸が乱れているので、深呼吸して ＿＿＿ 。

    Ⓐ 乱れません   Ⓑ 整えます

    Ⓒ 乱れます   Ⓓ 遅れます

☐ *3.* 「トイレ」は ＿＿＿ と「お手洗い」になります。

    Ⓐ 言い換え   Ⓑ 言い換えれ

    Ⓒ 言い換えた   Ⓓ 言い換える

☐ *4.* 「お疲れさまです」は社内の人に使う ＿＿＿ です。

    Ⓐ 敬礼   Ⓑ お辞儀

    Ⓒ 挨拶   Ⓓ 会釈

☐ *5.* 川上くんは、細かいことは ＿＿＿ 性格です。

    Ⓐ 気にします   Ⓑ 気にしない

    Ⓒ 気がしない   Ⓓ 気がします

6. 日本には、自動車 _____ 電子製品や工業機械などの産業が
   あります。

   Ⓐ をかわきりに　　　　Ⓑ をはじめとして

   Ⓒ をつうじて　　　　　Ⓓ をきっかけにして

7. 上司に対して失礼なことを言い _____ 、とっさに
   やめました。

   Ⓐ かけて　　　　　　　Ⓑ ながら

   Ⓒ ところで　　　　　　Ⓓ はじめて

8. 状況に _____ 言葉遣いを変えるのは社会人のマナーです。

   Ⓐ おいて　　　　　　　Ⓑ おうじて

   Ⓒ かかわりなく　　　　Ⓓ こたえて

9. 日本は安全です。_____ 防犯には気をつけてください。

   Ⓐ となると　　　　　　Ⓑ ときたら

   Ⓒ としたら　　　　　　Ⓓ とはいえ

10. お客様とすれ違うときには必ず挨拶をする _____ です。

    Ⓐ べからず　　　　　　Ⓑ べき

    Ⓒ べく　　　　　　　　Ⓓ べし

解答 1Ⓐ 2Ⓑ 3Ⓓ 4Ⓒ 5Ⓑ 6Ⓑ 7Ⓐ 8Ⓑ 9Ⓓ 10Ⓑ

2-2

しつ もん とき い らい
質問する時や依頼
とき こと ば づか
する時の言葉遣い

詢問或委託他人時的用字遣詞

もう少しお時間をいただけ
ますか。
可以再給我一點時間嗎？

大変勉強になりました。
我學到了很多。

お忙しいところ失礼します。
百忙之中打擾了。

いかがでしょうか。
如何呢？

会話 ① 辦公室的說話禮儀
かい わ

左側直書標籤：基礎敬語　基本禮儀　辦公室大小事

オフィスでの言葉のマナー
こと ば

PLAY ALL | TRACK 31

佐藤和川上在辦公室對話。佐藤
指導川上一些關於職場用語的基
本禮儀……

佐藤： 川上くん、お願いしていた書類の確認は
さとう　かわかみ　　　ねが　　　　　　しょるい　かくにん

終わりましたか。
お

川上，我請你確認的文件處理完了嗎？

川上： すいません。ええと、もうちょっと待ってください。
かわかみ　　　　　　　　　　　　　　　　　　　　　　　ま

不好意思。呃，請再等一下。

重點
單字

1. ビジネスシーン ⑤【名】**商務場合**

• ビジネスシーンにふさわしい服装
ふくそう
をしてください。

商務場合時請穿著合宜的服裝。

佐藤： 川上くん、そういう時は「もう少しお時間をいただけますか」でしょう。

川上，這時候你應該說「不好意思，可以再給我一點時間嗎？」才對吧？

川上： あ、すみません。ビジネスシーン[1]では正しい言葉遣い[2]を、ですね。了解しました。

啊，對不起。商務場合應該使用正式的用詞才對。我知道了。

佐藤： 「了解しました」も丁寧じゃないと感じる人もいるので、「かしこまりました」か「承知しました[3]」のほうがいいですよ。

有些人也會覺得「我知道了」不夠禮貌，改用「我明白了」或「知悉」會比較好喔。

川上： そうなんですか。知らず知らずのうちに[1]、これが正しい[4]ものだと思い込んでいました。

原來如此。在不知不覺中，我誤以為這就是正確的說法了。

---

2. 言葉遣い ④【名】用字遣詞

• 目上の人には言葉遣いに注意する。

對上位者說話時要注意用字遣詞。

3. 承知します ⑤【動Ⅲ他】明白、知悉

• 貴社からのお申し出を承知しました。

已知悉貴公司的提議。

佐藤：誰であれ² そういう間違いはありますよ。私もそうでした。

不管是誰都犯過這樣的錯誤。我以前也是這樣。

川上：教えていただかないと気づかないままだったと思います。大変参考になりました。

如果沒有請教前輩的話，我可能都不會發現這個問題。我參考良多。

佐藤：残念⁵。それを言うなら「大変勉強になりました」が正解ですよ。

好可惜。你要說的話，應該要說「我受益良多」才正確喔。

---

4. 正しい ③【い形】 **正確的**

• 正しい作法を学びましょう。
來學習正確的做法吧。

5. 残念（な） ③【な形】 **可惜（的）**

• この度はお会いできず残念です。
這次無法和您碰面，我覺得很可惜。

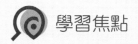 **學習焦點**

1. ～うちに　在～過程中、～著就～

「動詞て形＋いる／名詞の＋うちに」用來描述某種行為或狀態持續當中，所產生的變化或結果。

- 本を読んでいるうちに寝てしまった。

  書讀著讀著就睡著了。

  你也可以這樣說：

  本を読んでいる間に寝てしまった。

  書讀著讀著就睡著了。

- 毎日練習を重ねるうちに、実力がついた。

  在每天持續的練習之下，增進了實力。

2. ～であれ　無論～，都～

「名詞／疑問詞＋であれ」表示無論前項為何，都歸屬於後項所描述的事實或狀態。為「～でも」的書面用語。

- 理由は何であれ、暴力は絶対によくない。

  無論任何理由，使用暴力絕對是不好的。

- アルバイトであれ、正社員であれ、互いに尊重しあうべきだ。

  無論是兼職人員，還是正職人員，都應該彼此互相尊重。

会話 ② 提問時的重點
かい わ

質問をする時のポイント
しつ もん　　　　　とき

PLAY ALL | TRACK 32

佐藤和鈴木在辦公室談話。鈴木找佐藤前輩商量關於提案的事……

鈴木： 佐藤さん、今よろしいですか。
すず き　　　さ とう　　　　いま

佐藤前輩，現在時間方便嗎？

佐藤： ええ、もちろん¹ですよ。どうしましたか。
さ とう

可以，沒問題喔。怎麼了嗎？

重點單字

1. もちろん ② 【副】 當然

- 明日の会議はもちろん出席します。
  あした　かい ぎ　　　　　　　　しゅっせき

  明天的會議我當然會出席。

2. 次回 ① 【名】 下次
じ かい

- 次回の予約はいつですか。
  じ かい　よ やく

  下次預約的時間是何時呢？

鈴木：実は次回[2]の会議の際に、私も一点提案したいことが
あるんですが可能でしょうか。

其實，我有一件事想在下次開會時提案，請問這是可行的嗎？

佐藤：可能だと思いますよ。もしよかったら、提案の内容を
聞かせてもらえる[1]？

我覺得可行喔。如果可以的話，能先讓我聽聽你提案的內容嗎？

鈴木：はい。提出書類のチェック作業の流れを変えてはど
う[2]か、という内容です。

是。我想提案的內容是關於是否需要調整提交文件的確認流程。

佐藤：いいですね。ただ、闇雲に[3]提案すればいいというも
のではないですよね。

我覺得很不錯。不過這不是隨意提案就可以解決的事呢。

---

3. 闇雲（な） ⓪【な形】盲目(的)、
隨意(的)

• 噂を闇雲に信じ込むのはよく
ないです。

盲目地相信謠言是不好的。

4. 相談に⓪乗ります ③【動Ｉ自】商討

• 私が契約の相談に乗ります。

我要和你商討契約一事。

147

鈴木： そうなんです。なので、もしよろしければ具体的な内容について相談に乗って[4]いただけないでしょうか。

對啊。所以，如果您方便的話，可以讓我跟您商量一下提案的具體內容嗎？

佐藤： かまいません[5]よ。じゃあ、今日の午後にでもミーティングの時間を取りましょう。

可以喔。那今天下午我們找個時間開會吧。

鈴木： お手数をおかけしますが、よろしくお願いいたします。

麻煩您了，請多多指教。

重點單字

5. かまいます ⑤【動 I 他】介意（通常使用否定形）

- 費用はかかってもかまいません。
  產生費用也沒關係。

 學習焦點

1. 〜させてもらえる？　可以讓我〜嗎？

「動詞使役形＋てもらえる」用於請求對方許可自己做某動作，語氣較輕鬆。若改用「〜させていただけますか」則更為禮貌。

- さっきの話、ちょっと聞かせてもらえる？

  你們剛才說的話，可以告訴我嗎？

- 川上：山本くん、明日の打ち合わせに私も同席させてもらえる？

  山本先生，明天的會議可以讓我一起出席嗎？

  山本：ええ、かまいませんよ。

  好啊，沒問題喔。

  【你也可以這樣說：】

  山本くん、明日の打ち合わせに私も同席 させていただけますか。

  山本先生，明天的會議可以讓我一起出席嗎？

2. 〜てはどう　要不要〜

「動詞て形＋はどう」用於提出建議或修正內容。比起「〜たほうがいい」更委婉拘謹。後項句子經常會加上「ですか」、「でしょうか」等疑問句尾。

- 売り上げ向上のために、商品の種類を増やしてはどうでしょうか。

  為了提升銷售量，要不要增加商品的種類呢？

- 体験イベントは無料なので、試してみてはどうでしょうか。

  這個體驗活動是免費的，要不要試試看呢？

依頼をする時のポイント

PLAY ALL | TRACK 33

川上和佐藤前輩在辦公室談話。川上想要拜託佐藤前輩在部門研習時分享個人經驗……

川上： 佐藤さん、お忙しいところ失礼します。いくつか[1]お願いしたいことがあるんですが、今よろしいですか。

佐藤前輩，不好意思，百忙之中打擾您。我有幾件事想拜託您，請問現在時間方便嗎？

佐藤： ええ、１０分くらいであればかまいませんよ。

好，十分鐘左右的話沒問題喔。

重點單字

1. いくつか [1]【副】幾個

- いくつか好きな物を選んでください。

  請選幾個你喜歡的東西。

2. 面倒 [3]【名】麻煩

- 同僚は面倒ばかり起こす人だ。

  我同事很常製造麻煩。

どんなお願いごとですか？

什麼事呢？

川上：もしご面倒[2]でなければ、部内研修時に先輩の成功体験を話していただきたいのですが、いかがでしょうか。

如果不會太麻煩的話，想請您在部門研習時分享您的成功經驗，請問方便嗎？

佐藤：そうでしたか。ただ私の経験[3]からいうと[1]、もう少し経験豊富な方がお話しになったほうがいいと思いますよ。

原來是這樣。不過以我個人的經驗來說，我想還是請經驗更豐富的人來分享會比較好喔。

川上：そうかもしれませんが、佐藤さんの今に至る話を聞きたいという人も多いと思うんです。

話雖沒錯，但我覺得一定有不少人想聽聽佐藤前輩您至今的經驗談。

3. 経験 ⓪【名】經驗
- 仕事の経験を積むことが重要です。

累積工作經驗很重要。

4. 辞退します ①【動Ⅲ他】推辭、婉拒
- せっかくですが、受賞を辞退します。

雖然難得，但請容我婉拒受獎。

佐藤：ありがたいお話ではあるんですが、今回は辞退させて[4]もらってもいいですか。
雖然是很難得的機會，但這次可以讓我婉拒嗎？

川上：そうですか。残念ですが承知しました。では、そのかわりに[2]当日の司会[5]をお願いしたいのですが、いかがでしょうか。
這樣啊。雖然很可惜，但我明白了。那麼，可以請您改當當天的司儀嗎？

佐藤：そういうことですか。それは受けざるを得ないですね。わかりました。やりましょう。
這樣啊，那我不得不接受了。我知道了，讓我來吧。

重點單字

5. 司会 ⓪【名】主持人、司儀
- 私が講演会の司会をすることになった。
我是這次演講的司儀。

152

 學習焦點

1. 〜からいうと 從〜的角度來說、在〜看來

「名詞＋からいうと」用於從某個角度或立場闡述意見時。也可以使用「〜からすると」來替代。

- 部下の立場からいうと、これは経営者が解決するべき問題だと思う。

  從下屬的立場來說，我認為這是老闆該出面解決的問題。

  你也可以這樣說：

  部下の立場からすると、これは経営者が解決するべき問題だと思う。

  從下屬的立場來說，我認為這是老闆該出面解決的問題。

- 専門家の視点からいうと、このやり方は根本的に間違っていると思う。

  從專家的角度來看，他認為這個作法根本完全是錯的。

2. 〜かわりに 代替〜、改為〜

「動詞辞書形／名詞の＋かわりに」意指取代前項所述事物，衍生出後項所述的狀態或行為。

- 風邪で休んだ上司のかわりに、私が会議の司会をすることになった。

  代替因感冒請假的主管，由我擔任會議的司儀。

  你也可以這樣說：

  風邪で休んだ上司の代理として、私が会議の司会をすることになった。

  代理因感冒請假的主管，由我擔任會議的司儀。

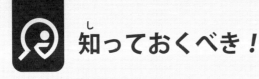

ビジネスシーンの「わかりました」
商務場合的「わかりました」

在日本的商務場合，要表達「我知道了」時，需挑選適合的用詞。以下針對「わかりました」(明白、知道、理解)的使用情境做解說。

情境一 **了解しました**（りょうかい）

無論私下或商務場合都常用此句，但只對同事或比自己地位低的人使用。它原本是丁寧語，所以對上位者使用也不算失禮。但最近的商務禮儀有所改變，很多人認為「了解」這個詞不適合對上位者或客戶使用，因對象不同，有可能被解讀為不禮貌。

> 川上（かわかみ）：山田課長（やまだかちょう）、休暇届（きゅうかとどけ）を提出（ていしゅつ）しますのでご確認（かくにん）をお願（ねが）いできますか。
>
> 山田課長，我提交了假單，可以請您幫忙確認嗎？
>
> 課長（かちょう）：はい、了解（りょうかい）しました。後（あと）で見（み）ておくね。
>
> 好，了解了。我等一下看喔。

承知しました
しょうち

用於接受了上位者的請求或命令之後，表達理解之意。一般情況使用「承知しました」即可，若改用「承知いたしました」則更為禮貌。

課長：川上くん、明日の午後１時から１時半、会
かちょう　かわかみ　　あした　　ごごいちじ　　　いちじはん

議室を予約しておいてね。
ぎしつ　よやく

川上，請你先預約明天下午一點到一點半的會議室。

川上：はい、承知いたしました。すぐ予約してお
かわかみ　　　　　しょうち　　　　　　　　　　　よやく

きます。

好，我明白了。我馬上預約。

かしこまりました

用於接受對方意見並表達敬意的情境。相對於「承知しました」用於
しょうち
理解對方的情境，「かしこまりました」給人更加禮貌的印象。

部長：川上くん、この書類を経理部に届けてくれ
ぶちょう　かわかみ　　　　　しょるい　けいりぶ　とど

るかい。

川上，可以請你幫我把這份文件送到會計部嗎？

川上：かしこまりました。お預かりいたします。
かわかみ　　　　　　　　　　　　　　あず

好的。我收下文件了。

155

情境四

承りました
うけたまわ

「承ります」為「接受、聆聽、答覆」之謙讓語。因此，此句帶有了「我好好地聽見你說的話了」、「確實收到這個訊息了」之語意。常用於對上位者之電子郵件或電話。

上野（うえの）：それでは佐藤（さとう）さんに電話（でんわ）があったことをお伝（つた）えください。

那麼麻煩您轉告佐藤小姐，我有打電話過來。

鈴木（すずき）：はい。申（もう）し伝（つた）えておきます。以上（いじょう）、鈴木（すずき）が承（うけたまわ）りました。

是。我會轉達。以上訊息由鈴木承接了。

情境五

了承しました
りょうしょう

與「わかりました」的意思相同，但若用於商務場合時則有「那樣就可以了」的語意。所以上位者可以對下屬使用，反之則不適合對上位者或客戶使用。

川上（かわかみ）：来週月曜日（らいしゅうげつようび）にお休（やす）みをいただきたいので、休暇届（きゅうかとどけ）を提出（ていしゅつ）します。

因為下週一我想請假，所以提交了假單。

課長：はい、了承しました。後はこちらで処理しておくね。

好。我知道了。後續由我這邊處理就好。

NOTE

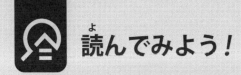

読んでみよう！

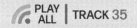

話し方の注意点
說話方式的注意事項

我們常聽到有人說，雖然我很喜歡跟別人聊天，但是不太擅長商務會話。究竟為何會如此呢？這是由於一般會話（聊天）和商務會話（談生意）在本質上完全不同的緣故。

和朋友聊天時，幾乎少有明確的目的，而聊天的話題也不斷地改變。然而，商務會話是有明確目的而進行的談話。以和客戶談生意為例，在會話中有「取得合約」這個明確的目的。為此，如何建構商務會話的話題顯得非常重要。

那麼，為了達成這個目的該注意什麼呢？第一，使用對方容易理解的說話方式；第二，採取能博得對方好感的說話方式。

1 相手が理解しやすく話す

ビジネス会話では相手にこちらの意図が正しく適切に伝わることが最も重要です。相手が理解しやすい話をするためには5W2Hを意識するようにしましょう。「いつ」、「どこで」、「だれが」、「なにを」、「なぜ」、「いくら」、「どのように」

といった情報を整理して話すように気をつけてください。その際に、長々と説明しては要点がぼやけてしまいますので、簡潔に話をまとめることも忘れないようにしましょう。

商務會話上最重要的是，將我方的想法正確地傳達給對方。為了讓對方容易理解，可以留意5W2H。將「何時」、「在哪裡」、「是誰」、「做了什麼」、「為什麼這麼做」、「(數量或程度上的)多寡」、「如何」等資訊整理之後再說。如果說明的句子太長，會模糊焦點，因此切記說明時應簡潔扼要。

② 相手に好感を持ってもらえるように話す

相手に好感を持ってもらうには、まず敬語を正しく使うことと、口調や発声に注意すること、またアイコンタクトや表情などがポイントになります。口調はゆっくりと落ち着いて話すようにします。また相手に聞こえる十分な声量で話すことも大切です。表情は相手に安心感を持ってもらえるように口角を少し上げて、笑顔で話すとよいでしょう。

為了博取對方好感，首先要使用正確的敬語、留意說話語氣、發聲方式，以及眼神交會和表情等等。建議語調沉穩，並且語速慢一點。說話時的音量要讓對方能夠聽清楚，這點也很重要。而為了在談話時能讓對方感到安心，可以稍微嘴角上揚、保持笑容為佳。

小テスト

請填入適當的答案。

○ 1. 上司に対してその言葉遣いは ＿＿＿ ないと思います。
　　Ⓐ 正しいく　　　　　　Ⓑ 正しく
　　Ⓒ 正しい　　　　　　　Ⓓ 正しいでは

○ 2. 今回の試合に負けたのは ＿＿＿ ですが、みなさんよく頑張ったと
　　思います。
　　Ⓐ 残念　　　　　　　　Ⓑ 惜しい
　　Ⓒ がっかりした　　　　Ⓓ 間違った

○ 3. 鈴木：「このことは秘密よ。」　川上：「＿＿＿ 誰にも言わないよ。」
　　Ⓐ どうか　　　　　　　Ⓑ やはり
　　Ⓒ とつぜん　　　　　　Ⓓ もちろん

○ 4. ＿＿＿ のミーティングの際に、全員企画書を提出してください。
　　Ⓐ 次回　　　　　　　　Ⓑ 下次
　　Ⓒ 前回　　　　　　　　Ⓓ 昨年

○ 5. そこの使っていないファイルを ＿＿＿ オフィスに運んで
　　ください。
　　Ⓐ いっこか　　　　　　Ⓑ にこか
　　Ⓒ いくつか　　　　　　Ⓓ いつくか

6. 知らず知らずの ＿＿＿ ずいぶん時間が経っていたようです。

   Ⓐ うえで   Ⓑ ように

   Ⓒ とおり   Ⓓ うちに

7. １週間の出張なのに、部屋の電気をつけた ＿＿＿ 出かけて
しまった。

   Ⓐ なら   Ⓑ さい

   Ⓒ まま   Ⓓ きり

8. 日本語はただ文法を覚えれば話せる ＿＿＿ と思います。

   Ⓐ というもの   Ⓑ というものではない

   Ⓒ かどうかだ   Ⓓ こととなる

9. 私の経験 ＿＿＿ 年末は早めに請求書を送ったほうが
いいです。

   Ⓐ からには   Ⓑ からして

   Ⓒ かといえば   Ⓓ からいうと

10. 先週残業した ＿＿＿ 、今週は半休を取るように
言われました。

   Ⓐ かわりに   Ⓑ こそ

   Ⓒ ところで   Ⓓ からといって

解答 1Ⓑ 2Ⓐ 3Ⓓ 4Ⓐ 5Ⓒ 6Ⓓ 7Ⓒ 8Ⓑ 9Ⓓ 10Ⓐ

2-3 日本の名刺交換のルール

にほんのめいしこうかん

日本交換名片的規則

不可不知！職場日語小知識
整理名片的秘訣

讀一讀！職場日語專欄
沒有名片！怎麼辦？

取り扱いに注意するべきだ。
要注意名片的處理方式。

マナー違反。
有失禮節。

頂戴いたします。よろしく
お願いいたします。
我收下了。還請您多多指教。

立場が上の人から順番に名
刺交換が基本だ。
從地位高的人開始依序交換名片是基本原則。

会話 ① 準備交換名片

名刺交換の準備

PLAY ALL | TRACK 36

因為明天會有訪客來訪，川上要鈴木一同出席。而兩人開始討論起交換名片的事……

川上（かわかみ）： 明日（あした）の午後（ごご）、初対面（しょたいめん）¹ のお客（きゃく）さまが２名来社（めいらいしゃ）されるから、鈴木（すずき）さんも同席（どうせき）して² ね。

明天下午有兩位初次來訪的客戶，請妳也一起出席喔。

鈴木（すずき）： じゃあ、名刺（めいし）の用意（ようい）をしなくちゃ¹。

重點單字

1. 初対面（しょたいめん） ② 【名】初次見面
   • 私（わたし）と彼（かれ）とは初対面（しょたいめん）です。
   我跟他是初次見面。

2. 同席（どうせき）します ⑥ 【動Ⅲ自】一同出席
   • 今回（こんかい）は部長（ぶちょう）が面談（めんだん）に同席（どうせき）します。
   這次部長會一同出席面談。

この前名刺入れに１枚しか入っていなくて恥ずかしい³
思いをしたから。

那我得準備名片才行。之前我的名片夾裡只剩一張名片，覺得很丟臉。

川上： 僕なんて、間違えて人の名刺を出したことがあるよ。

我啊，還曾經不小心錯拿別人的名片出來呢。

鈴木： 頂いた名刺を入れっぱなし²にしていたんでしょ。
状況次第では大問題になっていたかもね。

你一定是把收到的名片直接放進名片夾裡就沒拿出來對吧。視狀況有
可能會釀成大禍喔。

川上： 危ないところだったよ。名刺は会社の正式な⁴文書の
一つだもんね。

真的很驚險啊。畢竟名片也是公司的正式文件之一啊。

鈴木： お互いこれからは取り扱い⁵に注意するべきだね。

從現在開始，我們彼此都該注意名片的處理方式。

---

3. 恥ずかしい ④【い形】丟臉的
• 大人として恥ずかしいことをし
ない。
作為一個成年人，我不做丟臉的事。

4. 正式（な）⓪【な形】正式（的）
• 正式な文書の書き方を調べ
る。
查詢正式文件的寫法。

川上： 名刺入れも相手から見られていることが多いから、
きちんとしたものを使ったほうがいいよね。

名片夾也常會被對方看到，所以還是用正式一點的款式比較好對吧。

鈴木： たまにポケットやお財布から直接出してくる人がいるけど、あれもマナー違反だよね。

偶爾會遇到有人直接從口袋或錢包裡拿出名片，那也是違反禮節的吧。

川上： そうだね。会社への信用に関わることもあるから気をつけなきゃね。

是啊。有時甚至會牽涉對公司的信任度，所以我們一定要注意啊。

 重點單字

5. 取り扱い ⓪【名】處理

• 取り扱いは丁寧にしてください。

請謹慎處理。

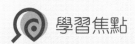 學習焦點

1. ～なくてはならない　不得不～、必須～

「動詞ない形（去掉い）+くてはならない」表示不得不做某事，也可使用「～なくてはいけない」替換，表示某種義務。口語時可以縮短成「～なくちゃ」。

- 明日は 出 張 に行かなくてはならない。

  明天我必須去出差。

  你也可以這樣說：

  明日は 出 張 に行か なくてはいけない 。

  明天我必須去出差。

- もうこんな 時間だ。行かなくちゃ！

  已經這麼晚了。我該走了。

2. ～っぱなし　～之後，就～

「動詞ます形語幹 + っぱなし」表示做了某個動作之後，卻未完成接下來應該要做的動作，也可表示某狀態一直持續。多用於負面評價。

- 物を出しっぱなしにしないで、ちゃんと片付けなさい。

  東西拿出來之後，不要一直放在那裡，請好好地收拾。

  你也可以這樣說：

  物を出し たまま にしないで、ちゃんと片付けなさい。

  東西拿出來之後，不要一直放在那裡，請好好地收拾。

- 窓を開けっぱなしにしているから、寒い風が吹き込んでくる。

  都是因為窗戶一直開著，所以寒風才會吹進來。

会話 ② 遞名片與收名片的方式

名刺の出し方と受け取り方

🛜 PLAY ALL | TRACK 37

為了不在客戶面前出糗，川上和鈴木正在公司練習交換名片……

川上（かわかみ）： まずはすばやく[1] 名刺入れを用意して、名刺を取り出し、両手（りょうて）で持（も）つ。

首先迅速拿出名片夾，再把名片拿出來，並用雙手拿著。

鈴木（すずき）： その時（とき）、名刺入れは名刺の下（した）に添（そ）えて[2] おくのよ。

此時，名片夾要墊在名片下方喔。

重點單字

1. すばやい ③【い形】 迅速的
- 問（と）い合（あ）わせにすばやく応（おう）じる。
  迅速地回覆詢問。

2. 添（そ）えます ③【動II他】 扶著、墊著
- グラスに軽（かる）く右手（みぎて）を添（そ）えます。
  右手輕輕地扶著玻璃杯。

基礎敬語

基本禮儀

辦公室大小事

川上：両手で名刺を差し出して³名を名乗る。「旭 商事経営企画部の川上 良太と申します」。

雙手遞出名片後報上大名。「我是旭商事經營企劃部的川上良太」。

鈴木：名刺交換の時は笑顔をキープしながら¹、が基本ね。

交換名片時，保持笑容是最基本的喔。

川上：あれ？もし、相手も名刺を出していたらどうするの？

咦？如果對方也同時遞出名片的話，該怎麼辦呢？

鈴木：その時は、相手より低い位置に右手で名刺を差し出したうえで、左手で相手の名刺を受け取る⁴のよ。

這時，先把右手擺在比對方的手還要低的位置遞出名片，再用左手收下對方的名片。

川上：なるほど。そして、受け取り次第²名刺に右手を添えるんだよね。

原來如此。收下名片之後，再用右手扶著名片對吧。

---

3. 差し出します ⑤【動 I 他】遞出
• 彼はとっさに手を差し出しました。
他馬上就伸出了手。

4. 受け取ります ⑤【動 I 他】收下
• 顧客から代金を受け取ります。
收下顧客的款項。

鈴木： そう。「頂戴いたします。よろしくお願いいたします。」。これで完璧な⁵はずだよ。

是的。接著說「我收下名片了，請您多多指教」。這樣應該就完美了。

川上： 明日は佐藤さんと僕たち二人が出席するから、佐藤さんから順番にご挨拶でいいよね。

明天佐藤前輩會和我們兩個一起出席，所以從佐藤前輩開始照順序打招呼對吧。

鈴木： それで問題ないよ。立場が上の人から順番に名刺交換が基本だよ。

這樣就沒問題了。從地位高的人開始交換名片，是基本原則喔。

重點單字

5. 完璧（な） ⓪【な形】完美（的）

• この建物は完璧な出来栄えです。

這個建築蓋得很完美。

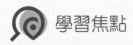 學習焦點

1. ～ながら　一邊～，一邊～

「動詞ます形語幹＋ながら」表示同時做兩個動作，「ながら」後面才是主要動作。

- メモを取りながら、話を聞くといいですよ。

  建議邊做筆記邊聽講喔。

- 音楽を聞きながら、部屋の掃除をします。

  我一邊聽音樂，一邊打掃房間。

- ながら運転するな。

  請不要一邊開車，一邊做其他事。

2. ～次第　～之後，馬上～

「動詞ます形語幹＋次第」表示某動作發生之後，便馬上執行下個動作。

- 結果がわかり次第、ご連絡いたします。

  知道結果之後，會馬上通知您。

  你也可以這樣說：

  結果がわかっ たらすぐ 、ご連絡いたします。

  知道結果之後，會馬上通知您。

- 注文を受け次第、作業を進めてまいります。

  接到訂單之後，會馬上開始處理。

会話 ③ 名片的處理方法
<ruby>会<rt>かい</rt></ruby><ruby>話<rt>わ</rt></ruby>

基礎敬語

基本禮儀

辦公室大小事

名刺の取り扱い方
<ruby>名<rt>めい</rt></ruby><ruby>刺<rt>し</rt></ruby>の<ruby>取<rt>と</rt></ruby>り<ruby>扱<rt>あつか</rt></ruby>い<ruby>方<rt>かた</rt></ruby>

PLAY ALL | TRACK 38

兩位客戶來訪，佐藤帶著川上及鈴木兩位一同與會……

<ruby>上野<rt>うえの</rt></ruby>： <ruby>王文<rt>おうぶん</rt></ruby>コンサルティング<ruby>主任<rt>しゅにん</rt></ruby>の<ruby>上野健二<rt>うえのけんじ</rt></ruby>と<ruby>申<rt>もう</rt></ruby>します。よろしくお<ruby>願<rt>ねが</rt></ruby>いいたします。

我是王文顧問公司的主任上野健二，請多多指教。

<ruby>佐藤<rt>さとう</rt></ruby>： <ruby>旭商事<rt>あさひしょうじ</rt></ruby>、<ruby>経営企画部<rt>けいえいきかくぶ</rt></ruby>の<ruby>佐藤由佳<rt>さとうゆか</rt></ruby>と<ruby>申<rt>もう</rt></ruby>します。よろしくお<ruby>願<rt>ねが</rt></ruby>いいたします。

我是旭商事經營企劃部的佐藤由佳，請多多指教。

 重點單字

1. <ruby>真似<rt>まね</rt></ruby>します ④【動Ⅲ他】模仿
   • <ruby>誰<rt>だれ</rt></ruby>かを<ruby>真似<rt>まね</rt></ruby>するだけでは<ruby>成長<rt>せいちょう</rt></ruby>しない。
     只會模仿別人是不會進步的。

2. <ruby>順番<rt>じゅんばん</rt></ruby> ⓪【名】順序
   • カードを<ruby>順番通<rt>じゅんばんどお</rt></ruby>りに<ruby>並<rt>なら</rt></ruby>べてください。
     請把卡片按順序排列。

川上： あれ。佐藤さん、受け取った名刺を机の上に並べ始
めた。

咦？佐藤前輩，她開始把收到的名片排在桌上。

鈴木： どうしよう。もう名刺を名刺入れにしまっちゃった。
出すべきかな。

怎麼辦？我已經把名片收進名片夾了。應該再拿出來嗎？

川上： ここは佐藤さんを真似する[1]しかない[1]な。順番[2]は
ともかく、とにかく並べて[3]みよう。

現在只能模仿佐藤前輩的作法了。先不管順序如何，反正先排一排吧。

佐藤： 上野さん、恐れ入ります。新人二人が落ち着かない[4]
様子で申し訳ございません。

上野先生，真不好意思。讓您見到兩位新人很慌張的樣子，真的非常
抱歉。

---

3. 並べます ④【動II他】排列
   • 本を棚に並べます。
     把書排在書架上。

4. 落ち着きます ⑤【動I自】冷靜
   • 気持ちが落ち着かないままだ。
     心情一直無法冷靜下來。

173

上野（うえの）： どうぞお気（き）になさらず。お二人（ふたり）、ミーティング中（ちゅう）は相手（あいて）の名刺（めいし）を座（すわ）っている順（じゅん）に並（なら）べておくと便利（べんり）ですよ。相手（あいて）の名前（なまえ）を間違（まちが）わずにすみますからね。

請別太介意。你們兩位，在會議中把對方的名片按照座位順序排好的話，會很方便喔。如此一來，就不用擔心會弄錯對方的名字了。

佐藤（さとう）： お恥（は）ずかしいかぎりです [2]。指導（しどう）が行（い）き届（とど）いて [5] おりませんで、失礼（しつれい）いたしました。

真是丟臉至極了。是我督導不周，真的非常抱歉。

川上（かわかみ）：
鈴木（すずき）： 失礼（しつれい）いたしました！

真的非常抱歉！

5. 行（い）き届（とど）きます ⑥【動I自】周全

• 全員（ぜんいん）に物資（ぶっし）が行（い）き届（とど）きました。

已將物資送給所有人。

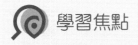

1. 〜しかない　只好〜、除此之外別無他法

「名詞 / 動詞辭書形 + しかない」表示沒有別的辦法，只好做某事之意。通常表達說話者放棄、無奈的心情。

- 他_{ほか}にやる人_{ひと}がいないから、自分_{じぶん}でやるしかない。

  因為沒有其他人要做，我只好自己做了。

  你也可以這樣說：

  他_{ほか}にやる人_{ひと}がいないから、自分_{じぶん}でやる 以外_{いがい}に方法_{ほうほう}はない 。

  因為沒有其他人要做，我只好自己做了。

- 仕事_{しごと}がまだ山_{やま}ほどあるから、残業_{ざんぎょう}するしかない。

  因為工作還堆得像山一樣高，所以只好加班了。

---

2. 〜かぎりだ　非常〜、真是〜

「い形容詞 / な形容詞 / 名詞の + かぎりだ」用於表達說話者非常強烈的感情，而因為是表達說話者的心情，所以後面接續句子不使用第三人稱。通常與「うれしい」(高興的)、「恥_はずかしい」(羞恥的)、「羨_{うらや}ましい」(羨慕的)、「寂_{さび}しい」(寂寞的) 等表達心情之形容詞一起使用。

- 娘_{むすめ}が結婚_{けっこん}してうれしいかぎりだ。

  女兒結婚了，我非常高興。

- 1年_{いちねん}に10回_{じゅっかい}も海外旅行_{かいがいりょこう}にいけるなんて、

  羨_{うらや}ましいかぎりです。

  一年可以出國玩十次，實在令人太羨慕了。

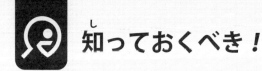 知っておくべき！

名刺の整理のコツ
整理名片的秘訣

 在名片上備註相關資訊

認識的人越多，名片也隨之增加。若沒有好好地將名片仔細整理，時日一久，便再也無法將名片上的名字和對方的臉聯想起來。為了避免這種狀況，拿到名片之後，應儘早在名片上記錄以下內容，日後就會很方便。

① 会った日にちと場所
　　見面的日期和場所

② 案件
　　專案名稱

③ 紹介者の名前や特徴
　　介紹人的姓名跟特徵

④ 話の内容
　　談話的內容

主任
上野健二
Ueno kenji

王文コンサルティング
〒330-0841　さいたま市大宮東町168　ライブビル
Tel | 048-666-5555　携帯 | 048-556-6555
E-Mail | kenji.ueno@oobun.co.jp

① ┌ 2019 年 7 月 1 2 日
　　└ ＡＢＣ社

② ─ 新規プロジェクト
　　相沢さん ─ ③
④ ─ スケジュールと納期相談

名片分類的技巧

擔任業務相關工作的人，隨著拜訪客戶次數增加，名片一定也會越來越多吧？但若只是隨意存放，便無法發揮名片的價值。因此以下介紹分類名片的兩步驟。

STEP 1

業種・目的別に分類する
ぎょうしゅ もくてきべつ ぶんるい

依據客戶的業界，或依照不同目的，例如客戶、人才培訓公司、設備廠商等類別來分類名片的話，必要時刻就能更容易找到對方的名片。在名片夾上加上標籤等方式來分門別類吧！

STEP 2

緊急度・重要度順に並べる
きんきゅうど じゅうようどじゅん なら

可將工作上很快就需要一起共事的人，或是即將成為商務合作中的重要人物，而且需要密切連繫的人的名片放在資料夾的前面。若是目前不需要加深關係，或是在對方公司中僅擔任輔助角色的人，則可將他們的名片置於較後方。如此一來，根據工作的優先順序和緊急程度，所需要的名片便一目了然，這對於達成好的工作成果有正向關係。利用彩色貼紙在名片上標註該人物的重要性，也是個不錯的方法。

注意！這些分類技巧，僅供個人或在公司共同使用。千萬不要在客人面前分類名片喔！

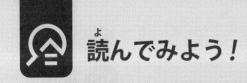

読んでみよう！

PLAY ALL | TRACK 40

名刺がない！どうする？

沒有名片！怎麼辦？

空有名片夾，卻忘了帶自己的名片，或是忘記帶名片夾。此時，應該怎麼克服這個窘境呢？首先應該要說的慣用句是「あいにく名刺を切らしておりまして、申し訳ありません。」(真不巧名片剛好都發完了，真的非常抱歉。)接著，在收下對方的名片之後，務必在口頭上和向對方報上自己的姓名。如果沒有報上自己的姓名，而只有收下對方的名片的話，是很失禮的。另外，向對方介紹自己時，應該告訴對方你的全名，若能花一些心思讓對方留下印象的話會很不錯。

那麼，來看看實際會話的例子吧。

① 会話

上野： はじめまして、○○株式会社の上野と申します。

初次見面，我是○○股份有限公司的上野。

（名刺を差し出す　上野遞出名片）

（名刺を両手で受け取る　川上用兩手接下名片）

川上： 頂戴いたします。申し訳ございません。

本日あいにく名刺を切らしておりまして、

基礎敬語

基本禮儀

辦公室大小事

追ってご連絡を差し上げます。私は、株式
会社旭商事経営企画部の川上良太と申し
ます。今後とも、何卒よろしくお願いいた
します。

我收下了。真是非常抱歉。今天很不巧，我名片都發完
了，之後再連絡您。我是旭商事股份有限公司經營企畫
部的川上良太。日後也請您多多指教。

上野：こちらこそ、どうぞよろしくお願いいたし
ます。

彼此彼此，也請您多多指教。

説明：会話中で川上くんは「追って連絡を差し上げます」と
言いました。このように、名刺交換をしそびれた時には名刺
を入れた手紙を相手に送るというのもいい方法です。普通に
名刺交換をするよりも強く印象を残せる可能性もあります
し、小さな約束でもきちんと守ることで、相手に誠実さを伝
えることができるでしょう。名刺を送る際には送り方に注
意をしましょう。

對話中川上提到了「之後再連絡您」。此情境中，雖然錯失了名片交換的時
機，但藉此把放有名片的信寄給對方也是一個好方法。如此一來也有可能比
起普通的名片交換更能留下印象，而且連這種很小的約定也能好好遵守，必
定能給予對方誠懇的感覺。在寄送名片時也要注意寄送方式。

② 名刺を送る際の注意点

① 相手に会ったその日、あるいは翌日、なるべく早く郵送すること。

在遇見對方的當天或隔天，儘早寄出名片。

説明：相手が自分のことをしっかり覚えているうちに送らなければあまり意味がありません。

如果不在對方還清楚記得自己時寄出，就沒有意義了。

② 手書きの手紙やメッセージを同封すること。

把手寫的信或留言和名片一起寄出。

説明：ぶっきらぼうに名刺だけを送るなら、送らないほうがましです。相手に対する温かいメッセージを添えることを忘れないようにしましょう。

若只粗略地寄名片的話，那倒不如不要寄。別忘記附上會讓對方覺得窩心的留言喔。

名刺がない！というトラブルはわりとよくあることです。対応方法を覚えておきましょう。

沒有名片！這種意外狀況出乎意料地經常發生，所以好好記住應對方法吧。

NOTE

_____

_____

_____

_____

_____

_____

_____

_____

_____

_____

_____

_____

_____

_____

_____

_____

_____

_____

_____

讀一讀！● 職場日語專欄

小テスト

請填入適當的答案。

○ 1. 昨日会った人は二人とも ＿＿＿ だったので、名刺交換をしました。

  Ⓐ 第一印象   Ⓑ 初対面

  Ⓒ 初見面   Ⓓ 第一回見

○ 2. 人前では ＿＿＿ て話せません。

  Ⓐ 恥ずかしい   Ⓑ 恥ずかしかっ

  Ⓒ 恥ずかしく   Ⓓ 恥ずかしけれ

○ 3. お客様から話しかけられた時は ＿＿＿ 対応してください。

  Ⓐ すばやく   Ⓑ はやい

  Ⓒ まさに   Ⓓ すばやい

○ 4. 今日荷物を送ったから、明日 ＿＿＿ ください。

  Ⓐ 受け取った   Ⓑ 受け取って

  Ⓒ 受け取る   Ⓓ 受け取り

○ 5. 名刺交換は、先輩のやり方を ＿＿＿ いいですよ。

  Ⓐ 真似すれば   Ⓑ 真似する

  Ⓒ 真似した   Ⓓ 真似せば

6. 冷房中なので、ドアを開け＿＿にしないでください。

Ⓐ まま　　　　　　Ⓑ っきり

Ⓒ っぱなし　　　　Ⓓ はなち

7. べつに命に＿＿問題ではないので、気にしないでください。

Ⓐ ついて　　　　　Ⓑ かかわる

Ⓒ かんして　　　　Ⓓ なんて

8. コーヒーを飲み＿＿電話で話すのはやめてください。

Ⓐ ながら　　　　　Ⓑ きり

Ⓒ っぱなし　　　　Ⓓ まま

9. 佐藤さんが話し＿＿、みなさんにお茶を出してください。

Ⓐ はじめれば　　　Ⓑ はじまったら

Ⓒ はじめたら　　　Ⓓ はじまりで

10. 最後の最後で失点するなんて悔しい＿＿。

Ⓐ かぎった　　　　Ⓑ かぎりだ

Ⓒ ところだ　　　　Ⓓ どころだ

2-4

訪問時のマナー
ほうもんじ

拜訪客戶時的禮儀

進捗を報告してください。
請報告進度。

諸々の準備、よろしくお願いしますね。
各種準備就麻煩你了。

お部屋にご案内いたします。
我帶您到接待室。

起立してご挨拶しましょう。
我們站起來打招呼吧。

会話 ❶ 去拜訪客戶之前
かい わ

基礎敬語

基本禮儀

辦公室大小事

訪問に行く前に
ほう もん　　　い　　　まえ

PLAY ALL | TRACK 41

佐藤向川上確認拜訪客戶之前的一些細節……

佐藤：川上くん、会計事務所さんのアポイント¹は取れました
さとう　　かわかみ　　　　かいけいじむしょ　　　　　　　　　　　　　　　と
か。進捗²を報告してください。
しんちょく　　ほうこく

川上，向會計事務所預約好拜訪時間了嗎？請你報告一下進度。

川上：はい。既に³来週月曜日の午後1時半からアポが取れ
かわかみ　　　　すで　　らいしゅうげつようび　　ごごいちじはん　　　　　　　と
ています。

是。已經約好下週一下午一點半去拜訪。

 重點單字

1. **アポイント** ②【名】預約
   しんちょく
   ● 面談前にアポイントを
   めんだんまえ
   取っておきます。
   と
   面談前先取得預約。

2. **進捗** ⓪【名】進度
   しんちょく
   ● 進捗管理がマネージャーの
   しんちょくかんり
   仕事です。
   しごと
   管理進度是經理的工作。

佐藤：では、当日の出発時間と移動行程も調べておいてくださいね。

那麼，也請你查好當天出發的時間和路線。

川上：はい。１０分前に先方の事務所近くに到着できるようにします。

好。我預計在十分鐘前能抵達對方的辦公室附近。

佐藤：その際に、渋滞などのアクシデントに見舞われる[4]可能性も考えておいてください。

也請你一併考慮屆時是否有可能遇到塞車之類的突發狀況。

川上：はい。時間には少し余裕をもたせるように気をつけます。

是。我會注意讓交通時間充裕一些。

---

3. 既に ①【副】已經

• 展示会の受付は既に終わりました。

展覽的申請已經截止了。

4. 見舞います ④【動 | 自】遭受、碰上

• このあたりは毎年洪水に見舞われる。

這附近每年都遭受洪水。

佐藤： 会計事務所には半年前に行って以来[1]一度も顔を出していなかったし、手土産でも持っていきましょうか。

我們約莫半年前去過會計事務所之後，就再也沒去露臉了。所以帶個伴手禮過去吧。

川上： 先方は女性スタッフも多いことですし、洋菓子の詰め合わせなんて[2]いかがですか。

對方女性員工多，所以準備綜合西式點心禮盒如何呢？

佐藤： ええ、そうしましょう。諸々[5]の準備、よろしくお願いしますね。

好，就選那個吧。各種準備就拜託你囉。

重點單字

5. 諸々 ⓪【名】許多

• 課長からその他諸々の話が
あります。

課長說了很多其他事情。

 學習焦點

1. ～て以来　自從～以後

「動詞て形＋以来」表示做了某個動作之後，該狀態一直持續。

• 大学を卒業して以来、彼とは一度も会っていない。

　自從大學畢業後，我一次都沒有跟他見面。

你也可以這樣說：

大学を卒業してからは、彼と一度も会っていない。

自從大學畢業後，我一次都沒有跟他見面。

• この洗濯機は引越ししてきて以来、5年間も使っていました。

　這台洗衣機自從搬到這裡之後，已經使用了五年。

2. ～なんて　～之類的

「普通體＋なんて」用於給他人建議或舉例說明時，比「～など」更為口語。

• 次回の社員旅行はハワイなんてどうですか。

　下次的員工旅行要不要去夏威夷之類的？

你也可以這樣說：

次回の社員旅行はハワイなんかどうですか。

下次的員工旅行要不要去夏威夷之類的？

• 夕飯はステーキなんてどう？

　晚餐吃牛排之類的怎麼樣呢？

会話② 初次拜訪客戶

初めての訪問

PLAY ALL | TRACK 42

川上兩人初次拜訪客戶。他們剛剛抵達對方公司的櫃台前……

佐藤： 約束の5分前ですので受付へ行きましょう。コートは脱いで[1]名刺はすぐ出せるところに用意しておいて。

已經到了預約時間的五分鐘前了，我們到櫃檯吧。你把外套先脫下來，準備好名片，放到隨時可以拿出來的地方。

川上： はい。身だしなみを含め、諸々準備万端です。

好。包括服裝儀容，一切都準備就緒了。

---

1. 脱ぎます ③【動│他】脫掉

- 面談の時は上着を脱いではいけません。

  面談時請勿脫外套。

2. 上座 ⓪【名】上位

- お客様には上座に座ってもらいます。

  請客人坐在上位。

佐藤： 旭商事の佐藤でございます。池田所長と1時半から
のお約束で参りました。

我是旭商事的佐藤。我們和池田所長約了一點半要來拜訪。

受付： お待ちしておりました。お部屋にご案内いたします。

久候大駕。讓我帶您們進去。

（応接室へ移動して）（移動到接待室）

受付： 奥のお席でお待ちください。

請在裡面的座位稍待。

川上： 佐藤さん、こちらがお邪魔したにもかかわらず上座[2]
に座ってしまっていいんですか。

佐藤前輩，是我們自己來拜訪的，坐在上位可以嗎？

佐藤： 案内していただいた席を断って[3]まで[1]下座に座る必
要はないですよ。安心してください。

沒有必要拒絕對方的指引而坐到下位喔。請放心。

---

3. 断ります ⑤【動Ⅰ他】拒絕

• 私は相手からの申し出を
断りました。

我拒絕了對方的請求。

4. 慌てます ④【動Ⅱ自】慌張

• 彼が慌てる必要はありません。

他不必慌張。

會話❷ 初次拜訪客戶

川上： かばんと手土産は 隣 の席に置いても問題ないでしょうか。

可以將手提包跟伴手禮放在旁邊的座位上嗎？

佐藤： かばんは床に、手土産はお隣 の席か机 の上に置いてくださいね。コートは椅子の背もたれに掛けていいですよ。

手提包放在地板上，伴手禮放在旁邊座位或桌上就好。外套可以掛在椅背上喔。

川上： やっぱり現場では緊張して慌てて[4] しまいますね。

果然到了現場我還是很慌張啊。

佐藤： 緊張するなんて、川上くんにしては[2]珍しい[5] ですね。

あ、いらっしゃいましたよ。

起立してご挨拶しましょう。

難得看你緊張的樣子，真稀奇。啊，所長來了。我們站起來打招呼吧。

---

5. 珍しい ④【い形】 難得的

• 今日は 珍しく残業 になった。

今天難得加班了。

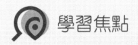 學習焦點

1. ～てまで 即使～，也要～

「動詞て形＋まで」用於敘述極端的事態，表示說話者雖然在前項如此極端的狀況下，也決定執行後項所述內容。

- 睡眠時間を犠牲にしてまで 働 きたくない。

  我不想犧牲睡眠時間來工作。

- 家族を犠牲にしてまで仕事をする必要はあるのだろうか。

  有必要工作到犧牲家人嗎？

- -

2. ～にしては 雖然說～，但～

「名詞／普通體＋にしては」意指處於某種身分或狀態下，其程度或結果和預期不符。

- 彼は新人にしては 珍 しく、 考 え方が円 熟 している。

  他雖然說是新人，但想法很成熟。

- 田舎にしては、なかなか便利な街だ。

  雖然說是鄉下，卻是很方便的地方。

会話 ③ 結束拜訪

訪問を終えて

PLAY ALL | TRACK 43

川上和佐藤結束拜訪之後，在電梯間反省今天的拜訪過程……

佐藤： 本日はお忙しい中お時間を頂戴しまして[1]、誠に[2]ありがとうございました。

謝謝您在百忙之中撥冗與我們見面，衷心感謝。

池田： こちらこそありがとうございました。それではここで失礼いたします。

我也十分感激。那我就送你們到這。

 重點單字

1. **頂戴します** ⑥【動Ⅲ他】收到
   - 取引先から結構なものを頂戴しました。

     從客戶那收到了相當高級的禮物。

2. **誠に** ⓪【副】由衷地
   - この度は誠にお世話になりました。

     上次真的承蒙關照。

194

佐藤<ruby>さ<rt></rt></ruby>：
川上：失礼いたします。

告辭了。

(帰り道での会話)（回程上的對話）

佐藤：川上くん、今日の訪問マナーですが、改善点³ を
いくつか見つけましたよ。

川上，對於今天拜訪客戶時的禮儀，我找到幾個可以改善的地方喔。

川上：そうだと思いました。緊張してしまって、実は
マナーどころではなかったんです。

我也這麼想。我很緊張，其實完全無法注意禮儀了。

佐藤：出されたお茶をすぐ飲んでしまったところをみると¹、
そのようですね。

看你馬上把對方端出來的茶喝光，我就知道你很緊張。

川上：はい。相手に「どうぞ」と言われてから頂くのが
マナーでした。

對啊。應該要等對方說「請用」之後再喝才合乎禮儀。

---

3. 改善点 ③【名】改善之處
• システムの改善点を見つけて
ください。
請找出系統中需要改善之處。

4. 退室します ⑥【動Ⅲ自】離開房間
• 面接を終えて退室する。
面談結束後離開房間。

195

佐藤： 退室する[4]ときも、誰よりも先に部屋の外に出てし
まっていましたね。

離開會議室時，你也比其他人都早出去呢。

川上： 緊張し続けたあげく、変な行動を取ってしまいまし
た。本来[5]ならば佐藤さんの後に退室すべきでした。

因為一直在緊張的關係，結果做了奇怪的行為。原本我應該走在佐藤
前輩後面才對。

佐藤： わかってきましたね。川上くんが社会人として成長
しつつある[2]ということですね。

看來你越來越清楚了。這表示社會新鮮人的你漸漸進步了喔。

---

5. **本来** ① 【名】原來、原本
- 来期から本来の部署に戻る。
  我下一期要回到原來的部門。

196

 學習焦點

1. ～ところをみると 從～來看、有鑒於～

「普通體／名詞の＋ところをみると」意為觀察某事物之後，從而預測結果或表達結論。

- あんなに喜んでいるところをみると、きっと試験には合格したんだろう。

  看到他那麼高興的樣子，應該是通過考試了。

  你也可以這樣說：

  あんなに喜んでいるところから判断すると、きっと試験には合格したんだろう。

  看到他那麼高興的樣子，應該是通過考試了。

- あの二人は急に距離が縮まったところをみると、きっと何かあったに違いない。

  看到那兩個人的距離突然變近了，一定發生什麼事了。

2. ～つつある 正在進行～

「動詞ます形語幹＋つつある」表示某個狀況或狀態正持續進行中。此用法亦可用來表達某變化持續進行。

- 世界各地で自然環境が破壊されつつある。

  在世界各地，自然環境持續被破壞中。

- 通信技術の進歩によって、コミュニケーションの仕方が変わりつつある。

  隨著通訊技術的進步，溝通的模式持續地改變中。

知っておくべき！

基礎敬語

基本禮儀

辦公室大小事

上座？下座？

哪邊是上座？哪邊是下座？

在會議室或接待室、車內或電梯裡的位置要如何安排呢？其中也包含了商務禮儀的學問。給上位者或客人坐的位置稱為上座（大位），地位比較低的人或負責接待的人坐的位置則稱為下座（小位）。問題來了，哪邊是上座，而哪邊是下座呢？其實只要把基本原則記起來就沒問題了。

順帶一提，「奧の席」（裡面的座位）指的也是上座。而會議室的座位，離入口最遠的便是上座。

情境一

社内会議の時の席次
公司內部會議時的座位

> 離入口最遠的位置①是上座，其餘座位按以下順序安排。

応接室の席次
おう せつ しつ　　せき じ

接待室的座位

離入口最遠的位置①是上座，其他再依照以下順序安排座位。

● 如果是二對二的情況

● 如果是三對三的情況

基礎敬語

基本禮儀

辦公室大小事

訪問時^{ほうもんじ}に気^きをつけること１５^{じゅうご}か条^{じょう}！
拜訪客戶的十五條守則

1 アポイントは取^とれていますか。ノーアポはおすすめできません。 有預約嗎？不建議沒有預約就直接拜訪。

2 アポイントの前日^{ぜんじつ}に確認^{かくにん}の連絡^{れんらく}を入^いれましょう。
在預約好的前一天，再連絡對方確認一下。

3 遅刻^{ちこく}は厳禁^{げんきん}！余裕^{よゆう}のある移動^{いどう}スケジュールを立^たてましょう。
嚴禁遲到。安排有餘裕的交通行程。

4 遅^{おく}れてしまう場合^{ばあい}は、なるべく早^{はや}く相手^{あいて}に電話連絡^{でんわれんらく}をしましょう。 若可能不小心遲到的話，請儘早打電話連絡對方。

5 コートは訪問先^{ほうもんさき}ビルに入^{はい}る前^{まえ}に脱^ぬいでおきましょう。
在進入拜訪的大樓前請先脫下外套。

6 携帯電話^{けいたいでんわ}は必^{かなら}ず切^きるかマナーモードにしましょう。
手機務必關機或切換成震動模式。

7 インターフォンを鳴らすのは5分前からがベスト。早すぎる訪問はマナー違反です。 在約定好時間的五分鐘前按下對講機是最好的時間點。提早太多時間的拜訪是不禮貌的。

8 受付では、自分の社名と名前、約束の相手と時間を伝えましょう。 在接待處要清楚說明自己的公司名稱、姓名、拜訪對象和預約時間。

9 カバンは床に置き、コートは椅子の背もたれに掛けましょう。 手提包放在地上，而外套可以掛在椅背上。

10 手土産は机の上か隣の席に袋から出して置きましょう。 伴手禮從袋子裡拿出來後，放在桌上或旁邊的座位。

11 相手が入室したらすぐに起立しましょう。 對方進來之後，請馬上站起來。

12 入退室は立場が上の人から順番に行いましょう。 進出房間時，由上位者開始照順序移動。

13 お茶を出していただいた場合、勧められてからいただきましょう。 如果對方有準備茶水，等對方開口請你喝時再喝。

14 退室時は忘れ物がないか確認して、立ち上がってお礼を言いましょう。 離開時確認是否有遺留物品，起身後要向對方道謝。

15 コートは玄関を出た後に着るようにしましょう。 外套請在出了玄關之後再穿上。

請填入適當的答案。

○ 1. 集合時間は ＿＿ の時間の１０分前です。
（しゅうごう じかん）（じかん）（じゅっ ぶんまえ）

　　Ⓐ アサイン　　　　　Ⓑ アポイント

　　Ⓒ アジェンダ　　　　Ⓓ アライアンス

○ 2. 事故などのアクシデントに ＿＿ 可能性も 考 えて、 出 発の
（じ こ）（か のうせい）（かんが）（しゅっぱつ）
　　時間を決めましょう。
　　（じ かん き）

　　Ⓐ 見舞われる　　　　Ⓑ 見舞う
　　　（み ま）　　　　　　（み ま）
　　Ⓒ 見舞れわる　　　　Ⓓ 見舞わる
　　　（み まい）　　　　　　（み まい）

○ 3. お茶とお菓子をすすめられたのですが、 ＿＿ ました。
（ちゃ）（か し）

　　Ⓐ 断れ　　　　　　　Ⓑ 断る
　　　（ことわ）　　　　　　（ことわ）
　　Ⓒ 断って　　　　　　Ⓓ 断り
　　　（ことわ）　　　　　　（ことわ）

○ 4. 川上くんがこんなに朝早く 出 勤するなんて ＿＿ ですね。
（かわかみ）（あさはや）（しゅっきん）

　　Ⓐ 珍しい　　　　　　Ⓑ 難しい
　　　（めずら）　　　　　　（むずか）
　　Ⓒ 悔しい　　　　　　Ⓓ 虚しい
　　　（くや）　　　　　　　（むな）

○ 5. ＿＿ であれば、この仕事は彼がやるべき仕事です。
（し ごと）（かれ）（し ごと）

　　Ⓐ 未来　　　　　　　Ⓑ 本来
　　　（み らい）　　　　　　（ほんらい）
　　Ⓒ 本人　　　　　　　Ⓓ 本質
　　　（ほんにん）　　　　　　（ほんしつ）

6. 冬<ruby>冬<rt>ふゆ</rt></ruby>ですし、晩<ruby>晩<rt>ばん</rt></ruby>ごはんにおなべ ＿＿＿ いかがですか。

    Ⓐ なにか   Ⓑ なんて

    Ⓒ なくては   Ⓓ ことなく

7. 私<ruby>私<rt>わたし</rt></ruby>は入社<ruby>入社<rt>にゅうしゃ</rt></ruby>し ＿＿＿ 一度<ruby>一度<rt>いちど</rt></ruby>も会社<ruby>会社<rt>かいしゃ</rt></ruby>を休<ruby>休<rt>やす</rt></ruby>んでいない。

    Ⓐ ても   Ⓑ たから

    Ⓒ ている   Ⓓ ていらい

8. お忙<ruby>忙<rt>いそが</rt></ruby>しい ＿＿＿ お時間<ruby>時間<rt>じかん</rt></ruby>をいただき、誠<ruby>誠<rt>まこと</rt></ruby>にありがとうございました。

    Ⓐ にもかかわらず   Ⓑ にもまして

    Ⓒ にかぎって   Ⓓ にかぎらず

9. 申<ruby>申<rt>もう</rt></ruby>し訳<ruby>訳<rt>わけ</rt></ruby>ないけど、今<ruby>今<rt>いま</rt></ruby>は忙<ruby>忙<rt>いそが</rt></ruby>しすぎて休憩<ruby>休憩<rt>きゅうけい</rt></ruby> ＿＿＿ よ。

    Ⓐ ものではない   Ⓑ しないでもない

    Ⓒ どころではない   Ⓓ にこしたことはない

10. あの夫婦<ruby>夫婦<rt>ふうふ</rt></ruby>は何度<ruby>何度<rt>なんど</rt></ruby>もけんかを繰<ruby>繰<rt>く</rt></ruby>り返<ruby>返<rt>かえ</rt></ruby>した ＿＿＿ 離婚<ruby>離婚<rt>りこん</rt></ruby>した。

    Ⓐ あげく   Ⓑ あいだ

    Ⓒ あまりの   Ⓓ あげる

解答 1Ⓑ 2Ⓐ 3Ⓓ 4Ⓐ 5Ⓒ 6Ⓑ 7Ⓓ 8Ⓐ 9Ⓒ 10Ⓐ

2-5 報告、連絡、相談（ほうれんそう）

報告、聯絡、商量

- 會話 ❶ 無論如何，先報告就對了

- 會話 ❷ 連絡要頻繁

- 會話 ❸ 與其煩惱，不如商量

不可不知！職場日語小知識
想對忙碌的主管「ほうれんそう」

讀一讀！職場日語專欄
報告很重要！

報告、連絡、相談が働く
上で欠かせないってこと。
報告、聯絡、商量在工作上是不可或缺的。

準備は順調に進んでいま
すか。
準備工作順利嗎?

みなさんにはこの後すぐ
にお知らせします。
隨後馬上通知大家。

会話 **①** 無論如何，先報告就對了

かいわ

何かあれば、まず報告
なに ほうこく

PLAY ALL | TRACK 46

川上對於課長的話感到有點困惑，所以跑來休息室找鈴木討論了一番……

川上： 課長が「ほうれんそう」を徹底しろ[1]ってよく言ってるけど、意味あるのかな。
かわかみ かちょう てってい い いみ

課長常說要徹底執行「ほうれんそう」（報告、聯絡、商量），真的有意義嗎？

鈴木： 意味があるにせよないにせよ[1]、「ほうれんそう」は部下の仕事の一つでしょ。
すずき いみ ぶか しごと ひと

重點單字

1. 徹底します 6【動Ⅲ他】徹底執行
てってい

• 現場の安全管理を徹底します。
げんば あんぜんかんり てってい

徹底執行現場的安全管理。

不管有沒有意義，「ほうれんそう」（報告、聯絡、商量）是下屬的工作之一喔。

川上： それにしたって何か進展²がないことには²報告することもないでしょ。

話是沒錯，但沒有進展的話，也沒有事情可以報告不是嗎？

鈴木： それはそうだけど、上司からしてみれば、何も進展していないことがわかるから意味あるんじゃない？

話雖如此，但是對主管來說，如此一來可以知道事情沒有任何進展，所以還是有意義的吧？

川上： 確かにそういう見方もあるか。上司はプロジェクトの運営³が仕事だもんね。

確實這也是一種觀點呢。畢竟主管的工作是負責專案的營運啊。

鈴木： そうだよ。進展していない理由や小さなミスを見つけて、それを解決するのも上司の仕事のうちでしょ。

是啊。找出沒有進展的原因或小紕漏，進而解決問題，這也是主管的工作之一喔。

---

2. 進展 ⓪【名】進展
- 捜査の進展について報告する。

報告關於搜索的進度。

3. 運営 ⓪【名】營運
- 管理と運営のコストを計算する。

計算管理和營運的成本。

川上：「ほうれんそう」でミスやトラブルを未然[4]に防げる[5]
なら、するに越したことはないか。

運用「ほうれんそう」（報告、聯絡、商量）來防範於未然，這樣是
再好不過的吧。

鈴木：報告、連絡、相談が働く上で欠かせないってこと、
わかった？

「報告、聯絡、商量」在工作上是不可或缺的，知道了嗎？

川上：はい。重々承知いたしました。

是。我深切明白了。

鈴木：じゃあ、このことは課長に報告しておくね。

那麼，我會把這件事情先跟課長報告喔。

川上：お願い、それだけはやめて！

拜託，千萬不要！

---

4. 未然 ⓪【名】未然
- 病気を未然に防ぐ。
  預防生病。

5. 防ぎます ④【動I他】預防
- 問題発生を防ぎます。
  預防問題產生。

 學習焦點

1. ～にせよ～にせよ　不管～，還是～

「名詞 / 動詞辭書形＋にせよ＋名詞 / 動詞辭書形＋にせよ」表示無關前述動作或狀態，後項所述皆為義務或必須。「にせよ」前面接續之名詞，經常為反義或對比關係。

- 新人にせよ上司にせよ、会議には積極的に参加するべきだ。

  不管新進人員還是上司，在會議中都應該要積極地參與。

  你也可以這樣說：

  新人 でも 上司 でも 、会議には積極的に参加するべきだ。

  不管新進人員還是上司，在會議中都應該要積極地參與。

- 素人にせよベテランにせよ、この試合に参加する資格がある。

  無論是新手還是老手，都有資格參加這場比賽。

2. ～ないことには　如果沒有～的話

「動詞ない形 / 名詞でない＋ことには」表示不做某動作的話，事情就不會有進展或結果。後項接續的否定句，大多表達消極的語意。

- 行動しないことには、成功するかどうかわからないだろう。

  如果沒有採取行動，便不知道能否成功吧。

  你也可以這樣說：

  行動し なければ 、成功するかどうかわからないだろう。

  如果沒有採取行動，便不知道能否成功吧。

- 上司の承認をもらわないことには、プロジェクトがスムーズに進みません。

  若沒有上司的認可，這個計劃便無法順利進行。

会話 ② 連絡要頻繁
かい わ

連絡はこまめに
れん らく

PLAY ALL | TRACK 47

佐藤和川上在辦公室對話。佐藤向川上確認準備會議的事……

佐藤：明後日の会議の件ですが、準備は順調[1]に進んでいますか。
さ とう / あさって / かい ぎ / けん / じゅん び / じゅんちょう / すす

關於後天的會議，準備工作進行地順利嗎？

川上：内容においては問題ないと思います。ただ会議室が空いて[2]いなくて、その調整をしているところです。
かわかみ / ない よう / もん だい / おも / かい ぎ しつ / あ / ちょうせい

關於內容的部分，我想沒有問題。只是會議室空不出來，我現在正在協調這件事情。

重點單字

1. 順調（な）⓪【な形】順利（的）
じゅんちょう
• 今月のキャンペーンは順調にスタートしました。
こんげつ / じゅんちょう
本月的促銷活動順利開跑了。

2. 空きます ③【動I自】空下來
あ
• もうすぐテーブル席が空きます。
せき / あ
桌位馬上就會空出來。

210

關於內容我覺得沒有問題了。只是目前會議室的預約都滿了，所以正在調整當中。

佐藤： 会議室が取れなかった場合はどうするつもりですか。

如果預約不到會議室的話，你打算怎麼做呢？

川上： 会議のスタートを３０分遅らせれば大会議室が使えるので、問題ないかと思います。

我想只要把會議往後延三十分鐘再開始，就可以使用大會議室了，所以應該沒問題。

佐藤： 時間変更の可能性について、参加者に連絡はしていますか。

關於可能會更改會議時間的事，你連絡與會者了嗎？

川上： いえ、まだ調整中なので、結果が出しだい連絡するつもり[1]でした。

還沒，因為還在調整中，我本來打算一確定結果馬上通知大家。

---

3. **状況** ⓪【名】狀況

• 私から状況をお知らせします。

由我來告知狀況。

4. **言い訳** ⓪【名】藉口

• あなたの言い訳は聞きません。

我不要聽你的藉口。

佐藤： それならそうと、状況[3]を早めにみなさんに連絡すべきですよ。

若是如此，你也應該提早通知大家這個情況喔。

川上： すみません、日程が近づくにつれて[2]忙しくなってしまって。

對不起，因為隨著會議的日期越接近，又變得更忙碌。

佐藤： 川上くん、「忙しい」は言い訳[4]ですよ。理由にかかわらず「ほうれんそう」はこまめに[5]してくださいね。

川上，「忙碌」是藉口喔。無論如何，請你頻繁地「ほうれんそう」（報告、聯絡、商量）喔。

川上： はい、申し訳ございません。みなさんにはこの後すぐにお知らせします。

是。真的很抱歉，我待會馬上通知大家。

---

5. こまめ（な）　①【な形】頻繁（的）、悉心（的）

• こまめに子供の面倒を見ましょう。
　要悉心照顧孩子。

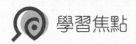 學習焦點

1. ～つもり 打算～

「動詞辭書形 / ない形 + つもり」表達打算或是下決心做某事。

- この案は明日の会議で発表するつもりです。

  這個方案，我打算在明天的會議中發表。

  你也可以這樣說：

  この案は明日の会議で発表 しようと思います 。

  這個方案，我打算在明天的會議中發表。

- 私は海外転勤するつもりです。

  我打算調職到國外。

2. ～につれて 隨著～

「動詞辭書形 / 第三類動詞語幹 + につれて」表達隨著前項所述狀況或行動的變化，後項所述狀態也產生變化。

- 経験を重ねるにつれて、自信がついてくると思います。

  我覺得隨著經驗的累積，自信心也會隨之增長。

- 練習を繰り返すにつれて、技術はだんだん身につく

  でしょう。

  隨著反覆練習，應該會慢慢學會技術吧。

会話 ③ 與其煩惱，不如商量

悩むなら、相談を

🛜 PLAY ALL | TRACK 48

鈴木看到川上很沮喪，於是上前關心他發生了什麼事……

鈴木： 川上くん、どうしたの。ずいぶん¹ しょんぼりした顔をしているけど。

川上，你怎麼了？一臉沮喪。

川上： 実は今日「ほうれんそう」のことで佐藤さんに叱られたんだよ。

其實我今天因為「ほうれんそう」（報告、聯絡、商量）的事情，被佐藤前輩罵了。

---

1. **ずいぶん** ① 【副】相當地
   - 待ち合わせにずいぶん遅れてしまった。

   比約定的時間遲到了相當多。

2. **落ち込みます** ⑤ 【動Ⅰ自】沮喪、氣餒
   - 彼は大失敗して落ち込んでいる。

   他犯了大錯，非常沮喪。

214

鈴木：叱られたにしても¹、そんなに落ち込む² 必要はない

んじゃないの？

就算被罵了，也不用這麼沮喪吧？

川上：落ち込むくらいなら²、最初からちゃんと「ほうれん

そう」しておけよって話なんだけどさ。

比起沮喪，還不如一開始就做好「ほうれんそう」（報告、聯絡、商量）
就好了啊。

鈴木：こればかりは日頃から気をつけてないと身につかない³

からね。

這一點如果平常不注意的話，就無法真正學會的啊。

川上：そうだね。僕の悪い癖⁴ なんだけど、ついつい⁵ 全部

自分で解決しようとしてしまうんだよね。

是啊。其實這是我的壞習慣，每次都想要自己一個人解決所有事情。

---

3. 身に⓪つきます ③【動Ⅰ自】學會

• 悪い習慣は簡単に身につく

ものだ。

很容易學會壞習慣。

4. 癖 ②【名】毛病、習慣

• 悪い癖を直すのは大変だ。

要改正不好的習慣很困難。

鈴木：その気持ちはわからなくもないけど、自己判断で仕事を進めるのは危ないと思うよ。

雖然不是不能理解你的心情，不過我覺得單靠自己的判斷進行工作，會很危險喔。

川上：結果的に周囲に迷惑をかけることになるもんね。

結果可會給周圍的人添麻煩啊。

鈴木：私たちの先輩はみんな話を聞いてくれるタイプだし、もっと相談してもいいんじゃないの？

我們的前輩都是願意傾聽後輩心聲的人，所以你可以多找他們商量不是嗎？

川上：確かにそうだね。これからは、悩むよりもまず相談することにするよ。

確實如此呢。從今以後，與其煩惱，我會先找前輩商量。

---

5. ついつい 1【副】不知不覺地（つい的強調用法）

● 相手に勧められるとついついんでしまう。

只要被別人勸酒，我就會不知不覺地喝光。

 學習焦點

1. ～くらいなら 與其～，不如～

「動詞辭書形＋くらいなら」用於敘述對自己不利或不樂見的狀況，而提出替代方案。

● あんな最低な上司と働くくらいなら、会社を辞めたほうがまだいい。

　與其跟那種差勁的主管一起工作，還不如辭掉工作比較好。

● こんなひどい商品にお金を払うくらいなら、自分で作ったほうがまだましだ。

　如果要花錢買這種劣質商品的話，那我不如自己做還比較好。

2. ～なくもない 也不是～

「普通體否定形去掉い＋くもない」為雙重否定的用法，常用於消極地肯定某事。

● あの車、買えなくもないんだけど、やっぱりちょっと高いな。

　那台車也不是說買不起，不過還是覺得有點貴啊。

你也可以這樣說：

あの車、買え ないことはない んだけど、やっぱりちょっと高いな。

　那台車也不是說買不起，不過還是覺得有點貴啊。

● 旅行に行けなくもないが、休みがなかなか取れないんだ。

　也不是不能去旅行，只是無法請假啊。

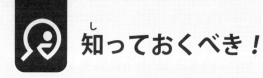

知っておくべき！

忙しそうな上司に「ほうれんそう」したい！

想對忙碌的主管「ほうれんそう」！

向看起來很忙碌的同事搭話時，需要謹慎一點。突然到主管或前輩的面前開始報告工作內容或其他事項—這樣的行為是很失禮的。首先應該先詢問對方的狀況，若對方方便，再將報告內容統整後，簡潔易懂地向對方報告。若對方當下不方便的話，就再拜託對方撥空聆聽。另外，若報告的內容比較複雜，難以用口頭說明，可以先將資料統整成紙本後再報告。

情境一

状況を伺う

了解狀況

川上：○○の件でご報告したいのですが、今少々お時間よろしいでしょうか。

我想要報告一下關於○○案件，您現在時間方便嗎？

佐藤：ええ。１０分くらいなら構いませんよ。どうぞ。

嗯。十分鐘左右的話沒問題喔。請說。

時間をもらう
請對方撥空

川上： ○○の件で報告したいので、お手すきの時にお時間をいただけないでしょうか。

我想報告關於○○的案件，若您有空時可以給我一點時間嗎？

佐藤： いいですよ。時間ができたら声をかけますね。

可以哦。我時間空出來之後再跟你說喔。

見てもらう
請對方過目

川上： ○○の件をまとめた報告書です。目を通していただきたいのですが、よろしいでしょうか。

這是關於○○案件的報告書。想請您過目一下，不知道方不方便？

佐藤： ええ、もちろん。一旦目を通した後に声をかけますね。

嗯，當然沒問題。我看完之後再跟你說。

読んでみよう！

報告は重要！
報告很重要！

主管總說「要確實地報告！」話雖如此，但究竟什麼時機報告比較好呢？在此舉出七個具代表性的例子。

2
もんだい はっせい とき
問題が発生した時
發生問題時

1
とき
ミスをした時
犯錯時

4
スケジュールが
へんこう とき
変更になった時
變更行程時

3
かいぜんさく み とき
改善策が見つかった時
找到改善方法時

5
あたら じょうほう え とき
新しい情報を得た時
得到新的資訊時

6
長期プロジェクトの
中間報告
長期專案計劃的中間報告

7
仕事がすべて終わった時
工作全部完成時

　　そもそもなぜ報告をするのかといえば、上司の管理業務をスムーズにするためです。上司が常に業務内容を把握できているのが理想の状態です。上司が気にしていることは「進捗状況」と「トラブルの有無」ですから、主にこの 2 つについては抜けのないように報告をするといいでしょう。

　　報告をする上では、客観的な事実を正しく伝えましょう。自分の考えや推測を伝えたい場合は、事実を報告した後に「これは私の考えですが……」と前置きしてから話すと相手も理解しやすくなります。

　　若說到為何要確實報告，理由是為了要讓主管的管理作業可以順利進行。主管能夠確實掌握業務狀況是最理想的狀態。主管在意的是「執行狀況如何」、「是否有問題發生」這兩項，所以在報告時不要漏掉這兩點就沒問題了。

　　另外，報告時儘可能正確地傳達客觀事實。若要表達自己的想法或推論時，可於報告事實狀況之後，先表明「這是我的想法……」，再陳述自己的意見，會讓對方更容易理解。

小テスト

請填入適當的答案。

○ 1. 自分の企画がこんなに一気に ＿＿＿ をするとは思っていませんでした。

ⓐ 徹底
てってい

ⓑ 報告
ほうこく

ⓒ 進展
しんてん

ⓓ 解決
かいけつ

○ 2. 自然災害を ＿＿＿ に防ぐのは本当に難しいことです。

ⓐ 未然
みぜん

ⓑ 自然
しぜん

ⓒ 当然
とうぜん

ⓓ 偶然
ぐうぜん

○ 3. 今日、大会議室は何時になったら ＿＿＿ か。

ⓐ 厭きます
あ

ⓑ 飽きます
あ

ⓒ 開きます
ひら

ⓓ 空きます
あ

○ 4. 久しぶりに会ったら、＿＿＿ 痩せていました。

ⓐ ずいぶん

ⓑ おそらく

ⓒ どうして

ⓓ とうてい

○ 5. メールをすぐに返信しないのは、私の悪い ＿＿＿ です。

ⓐ 癖
くせ

ⓑ 性格
せいかく

ⓒ 個性
こせい

ⓓ 病
びょう

基礎敬語

基本禮儀

辦公室大小事

6. 部長が戻って ＿＿ 、ミーティングが始められません。

　Ⓐ こないことだし　　　Ⓑ こないことなく

　Ⓒ こないことには　　　Ⓓ こないこととして

7. 台風が近づくに ＿＿ 、だんだん雨が激しくなってきた。

　Ⓐ つれて　　　Ⓑ うえで

　Ⓒ つれで　　　Ⓓ うえに

8. 去年は有給を全部消化する ＿＿ だったが、忙しすぎて無理だった。

　Ⓐ っぽい　　　Ⓑ つもり

　Ⓒ しまつ　　　Ⓓ かたわら

9. ブラック企業で夜中まで働く ＿＿ 、アルバイトのほうがいい。

　Ⓐ くらいなら　　　Ⓑ しだいでは

　Ⓒ ところで　　　Ⓓ たびに

10. 一人で空港まで行け ＿＿ けど、不安だから一緒に来てほしい。

　Ⓐ ないでおく　　　Ⓑ ないではいられない

　Ⓒ なくもない　　　Ⓓ なくてもいい

解答 1Ⓒ 2Ⓐ 3Ⓓ 4Ⓓ 5Ⓑ 6Ⓒ 7Ⓐ 8Ⓑ 9Ⓐ 10Ⓒ

3-1

社内の施設
しゃない しせつ
公司內的設施

社内を少し案内して回り
ましょう。
我稍微介紹一下公司內部，帶你走一圈。

お手数をおかけします。
麻煩您了。

必ず予約を取るようにして
ください。
請務必預約。

心がけます。
我會記得。

会話 ① 公司內部的設施（一）

かい わ

社内の施設 1

しゃ ない　　し せつ いち

PLAY ALL | TRACK 51

川上初來乍到福岡辦公室，他對公司的內部相當感興趣的樣子……

川上：今日から１週間、福岡支社の出張[1]、頑張りましょ
かわかみ　　きょう　　いっしゅうかん　　ふくおか し しゃ　　しゅっちょう　　がんば

うね。初めて来ましたが、いいオフィスですね。
はじ　　き

從今天起的一週，我來到福岡的分公司出差，一起加油吧。雖然我是
初次造訪，但福岡分公司的辦公室好棒喔。

重點單字

1. 出張 ⓪【名】出差
しゅっちょう

- 彼はしばらく海外に
かれ　　　　　　　かいがい

出張へ行く。
しゅっちょう　い

他要去國外出差一段時間。

2. 移動 ⓪【名】移動
い どう

- 市内の移動ならバスが
し ない　　い どう

便利ですよ。
べんり

要在市中心移動的話，搭公車比較
方便喔。

佐藤：駅前のオフィスビルに入っているので、移動[2]も楽ですし、セキュリティもしっかりしてますね。

因為辦公室位於車站前的辦公大樓，所以移動時很輕鬆，而且保全也做得很好。

川上：受付でカードキーを貸して[3]もらえるのも便利ですね。ところで、私のデスクはどちらでしょうか。

可以在櫃台借用鑰匙卡也很方便呢。話說回來，我的位子在哪呢？

佐藤：出張中はこのデスクを使ってください。一息ついたら[4]社内を少し案内して回りますね。

出差期間，請你使用這張桌子。稍作休息之後，我再帶你繞一圈，認識一下公司內部。

川上：では、早速ご案内をお願いしたいのですが。

那麼，我想請您馬上幫我介紹。

佐藤：あら、このオフィスに興味津々[5]なんですね。じゃあ、まずはこのフロアから見ていきましょうか[1]。

哎呀，你對這間辦公室如此感興趣啊。那麼，我們先從這樓層開始看吧。

---

3. 貸します ③【動I他】借出

• 私の車を貸しましょうか。

要不要借你我的車？

4. 一息②つきます ③【動I他】休息一下

• そろそろ一息つきましょう。

差不多來休息一下吧。

川上：佐藤さん、申し訳ありません……。フロアの案内ではなくて、先にお手洗いに行きたいのですが。

佐藤前輩，不好意思……。不是樓層簡介，其實我是想先去一下洗手間。

佐藤：お手洗いは廊下に出たら²右に曲がってください。案内が出ているので、すぐわかると思いますよ。

洗手間在走廊出去後右轉就到了。因為有指標，所以我想應該馬上找得到。

川上：お手数をおかけします。すぐに戻ります。

麻煩您了。我馬上回來。

佐藤：構いませんよ、ごゆっくり。

沒關係喔，你慢慢來。

 重點單字

5. 興味津々（な） ① 【な形】 興致勃勃（的）

- 彼は新しいプロジェクトに興味津々な様子です。

  他對新的專案興致勃勃的樣子。

 學習焦點

1. ～ましょうか 一起～吧

「動詞ます形語幹＋ましょうか」是邀請對方一起做某動作的常見句型。比「～ましょう」更客氣、委婉。

- そろそろ出発しましょうか。

  我們差不多一起出發吧。

- 日本へ遊びに行きましょうか。

  一起去日本玩吧。

- もうこんな時間だ。晩ごはんにしましょうか。

  已經這個時間了。一起吃個晚餐吧。

2. ～たら ～之後

「動詞た形＋ら」表示動作或狀態發生的時間前後關係，後面接續的內容多為個人意志的行為或對他人的建議。

- メールを送ったら私に言ってね。相談したいことがあるので。

  你信寄出去了之後跟我說。我有事情要和你商量。

- 昼食を食べたら会社に戻ります。

  吃完午餐之後我會回公司。

- 書類を完成させたら、すぐ上司に提出してください。

  資料完成後，請馬上提交給主管。

社内の施設2
しゃ ない　　　し せつ に

🎧 **PLAY ALL｜TRACK 52**

川上和佐藤在走廊上，一邊走一邊介紹公司內部設施……

川上： 福岡支社のオフィスはミーティングスペースや会議室
かわかみ　ふくおか し しゃ　　　　　　　　　　　　　　　　　　かい ぎ しつ

も多いし便利そうですね。
　おお　　　　べん り

福岡分公司的辦公室，討論室和會議室都很多，感覺很方便呢。

佐藤： でも日によっては全部埋まって[1]いる場合[2]もあると
さ とう　　　　ひ　　　　　　　　ぜん ぶ う　　　　　　　　ば あい

のこと[1]でしたよ。

不過聽說因日期不同，偶爾也會遇到全部都被佔滿的情形喔。

 重點單字

1. 埋まります ④【動I自】填滿
う

● 明日の便の空席がすべて
　あした　びん　　くうせき

埋まった。
う

明天班機的空位全數客滿。

2. 場合 ⓪【名】場合
ば あい

● 私は時と場合によって服装
　わたし　とき　ば あい　　　　　　ふくそう

を変える。
　か

我會依照時間和場合的不同改變服裝。

川上： なるほど。福岡支社ではミーティングが活発 ³ に行われているということですね。

原來如此。也就是說，福岡分公司常常需要開會對嗎？

佐藤： そのようですね。ですので、使う前には必ず ⁴ 予約を取るようにしてください。

似乎是如此呢。所以，使用前務必先預約。

川上： はい、心がけます。ちなみに、予約はどうやって取ればいいのでしょうか。

是，我會銘記在心。順便問一下，要怎麼預約才好呢？

佐藤： 受付の女性が会議室や応接室の予約管理をしているので、彼女にお願いしてください。

會議室及接待室的預約由接待處的女同事負責管理，請去跟她說。

川上： 承知しました。このフロアには他にどんな施設があるんですか。

我明白了。這樓層還有什麼其他設施呢？

---

3. 活発 (な) ⓪【な形】踴躍 (的)

• 彼は会議で活発に発言する。

他在會議中踴躍發言。

4. 必ず ⓪【副】務必

• 明日の会議は必ず全員参加してください。

明天的會議請務必全員參加。

佐藤： そこに休憩室があって、コーヒーや紅茶などは飲み放題です。自動販売機もありますよ。その隣は給湯室です。

那邊是休息室，咖啡和紅茶都可以無限取用，裡頭也有自動販賣機。而它的隔壁是茶水間。

川上： 福岡支社はさすが西日本最大だけあって²、施設が充実していますね。

福岡分公司真不愧是西日本最大的辦公室，設施相當完善呢。

佐藤： そうですね。職場の環境がいいので、従業員⁵も働きやすいと思いますよ。

是啊。因為工作環境好，對於員工來說工作起來也比較舒適喔。

5. 従業員 ③【名】 員工、工作人員
- 従業員専用の出入り口から入ってください。

請由工作人員專用出入口進入。

 學習焦點

1. ～とのこと （某人）說～、聽說～

「普通體＋とのこと」為表達傳聞的用法，「と」前面接續從他處聽到的內容或留言。

* 部長は午後に帰社するとのことですが、いかがいたしましょうか。

  聽說部長下午會回公司，那該怎麼辦呢？

  你也可以這樣說：

  部長は午後に帰社すると 聞いています が、いかがいたしましょうか。

  聽說部長下午會回公司，那該怎麼辦呢？

* このショーは7時に開演するとのことです。

  聽說這場表演是七點開演。

2. ～だけあって 不愧是～

「普通體＋だけあって」用於強調某事物所擁有的特長或價值，以表達其特色或傑出之處。

* 彼は日本で仕事をしていただけあって、ビジネスマナーは完璧ですね。

  他不愧是在日本工作過，商務禮儀很完美呢。

* さすが元オリンピック選手だけあって、彼女は体力がありますね。

  不愧是前奧運選手，她的體能相當好呢。

会話 ③ 公司設施的使用方式

施設の使い方
しせつ　つか　かた

PLAY ALL | TRACK 53

佐藤和川上在靠近電梯的附近，討論一些公司設施的使用方式……

佐藤：エレベーターは1つのフロアにつき[1] 4機
（さとう）　　　　　　　　　　　　　（ひと）　　　　　　　（よんき）
　　　ありますよ。

每一層樓有四台電梯喔。

川上：始業[1]前や終業後は混み合い[2]そうですね。
（かわかみ）（しぎょう）（まえ）（しゅうぎょうご）（こ）（あ）

上班前和下班後感覺會很多人啊。

重點單字

1. 始業 ⓪【名】始業
　（しぎょう）

- 会社の始業時間は午前
　（かいしゃ）（しぎょうじかん）（ごぜん）
　9時です。
　（くじ）

　公司的上班時間是早上九點。

2. 混み合います ⑤【動Ⅰ自】擁擠
　（こ）（あ）

- ラッシュアワーで車内が混み
　　　　　　　　　（しゃない）（こ）
　合っています。
　（あ）

　因為是尖峰時段，所以車廂內很擁擠。

佐藤：そうですね。少し（すこ）待（ま）つことになるかもしれないので、
その場合（ばあい）は階段（かいだん）を使（つか）うといいですよ。

對啊。可能會遇到需要稍微等待的狀況，那種時候也可以走樓梯喔。

川上（かわかみ）：階段（かいだん）はあのドアの向（む）こう³ですか。

樓梯是在這扇門後嗎？

佐藤：ええ、そうです。ドアの開（あ）け閉（し）めにもカードキーが
必要（ひつよう）なので忘（わす）れないようにしてくださいね。

嗯，是的。因為開關門也都需要鑰匙卡，請別忘了隨身攜帶它。

川上（かわかみ）：気（き）をつけます。それから、本社（ほんしゃ）に送（おく）りたい荷物（にもつ）がある
のですが、どうすればいいですか。

我會注意。另外，我想寄包裹回總公司，該怎麼做才好呢？

佐藤：その場合（ばあい）は、郵便室（ゆうびんしつ）に持（も）っていくといいですよ。受付（うけつけ）
の奥（おく）の部屋（へや）が郵便室（ゆうびんしつ）です。

那樣的話，拿去收發室就可以了喔。在接待櫃台後方，最裡面的那間
就是收發室。

---

3. 向（む）こう ② 【名】 對面、前方
• 本社（ほんしゃ）はこのビルの向（む）こうに
あります。
總公司在這棟大樓的前方。

4. おそらく ② 【副】 大概、也許
• 荷物（にもつ）はおそらく明日（あした）届（とど）きます。
包裹大概明天會送達。

川上： 承知しました。何時まで受け付けてもらえますか。

我明白了。郵件受理到幾點呢？

佐藤： おそらく[4]午後4時半までですから、早めに持って
いったほうがいい[2]ですよ。

大概下午四點半左右，所以儘早拿過去比較好喔。

川上： ずいぶん早めに締め切るんですね。では、早速[5]
行ってきます。

截止收件的時間好早喔。那我儘速過去一趟。

重點
單字

5. 早速 ⓪【副】 儘快、馬上

• 彼から手紙が来たので早速返事を
出した。

收到他的來信，我立刻就回信了。

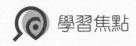 學習焦點

1. ～につき 毎～

「名詞＋につき」敘述以前項接續之名詞為單位，說明該名詞能平均被分配到多少事物。

- 1家族につき、1万円の補助金が支払われます。

  每一個家庭將補助一萬圓的補助金。

- 1組につき、テント1つを含めたキャンプセットが
  配られます。

  每一組會被分配包含一個帳篷的露營工具組。

- キャンペーン中、お客様1グループにつき、から揚げを
  1つサービスいたします。

  促銷活動期間，每一組客人會招待一份炸雞。

2. ～ほうがいい 最好～

「動詞た形＋ほうがいい」為給對方建議時的用法。和「～といい」相比，此句型含有「如果不這麼做，就會有不好的結果」之語意。若建議對方最好不要做某事，則用「動詞ない形＋ほうがいい」（最好不要～）。

- 雨が降るかもしれないから、傘を持って行ったほうがいいよ。

  有可能會下雨，所以最好帶雨傘喔。

- 風邪を引いたなら、薬を飲んだほうがいいよ。

  如果感冒了的話，最好吃藥喔。

- 台風だから、外に行かないほうがいいよ。

  因為颱風，所以最好不要外出喔。

よくある会社の施設

常見的公司設施

1. 郵便室（ゆうびんしつ）③ 收發室

2. ロビー ① 大廳

3. エレベーター ③ 電梯

4. 受付（うけつけ）⓪ 櫃台

5. お手洗い（てあらい）③ 洗手間

12F

6. 給湯室 (きゅうとうしつ) ③ 茶水間

7. 休憩室 (きゅうけいしつ) ③ 休息室

8. 倉庫 (そうこ) ① 倉庫

9. コピー室 (しつ) ② 影印室

10. オフィス ① 辦公室

11. 会議室 (かいぎしつ) ③ 會議室

12. 待合室 (まちあいしつ) ③ 接待室

13. ミーティングルーム /
ミーティングスペース
⑥ / ⑥ 討論室

会議室とミーティングルーム
會議室和討論室

在中文裡，會議室和討論室沒有明確的區別。
而在日語中雖然也有語意模糊的地帶，不過空
間的大小是區別兩者的重點。

ミーティングルーム
討論室

可容納二至六人，若有訪客時，也可作為會客室的小型空間。

会議室
會議室

一般來說，能容納十人以上，並具有可作簡報的音響、投影機等設備的大型空間。

小テスト

請填入適當的答案。

1. 職場から他の場所へ行って仕事することを ＿＿＿ といいます。

  Ⓐ 出向   Ⓑ 出張

  Ⓒ 退社   Ⓓ 外出

2. 2時間も作業 しっぱなしだし、ちょっとコーヒーでも飲んで ＿＿＿ ましょう。

  Ⓐ 一息つき   Ⓑ 一息し

  Ⓒ 休憩   Ⓓ 息をつき

3. 実は、スケジュールが ＿＿＿ ないと不安になるんです。

  Ⓐ 埋まり   Ⓑ 埋まる

  Ⓒ 埋まれ   Ⓓ 埋まら

4. その日の仕事を始めることを ＿＿＿ 、その日の仕事を終えることを 終業 といいます。

  Ⓐ 出社   Ⓑ 始業

  Ⓒ 開業   Ⓓ 営業

5. 今年は ＿＿＿ 10人くらいを採用するだろうと思います。

  Ⓐ もっと   Ⓑ まさか

  Ⓒ すっかり   Ⓓ おそらく

6. その漫画を読み＿＿＿、私に貸してください。

Ⓐ 終わったら　　　　　Ⓑ 終わりで

Ⓒ 終わるば　　　　　　Ⓓ 終わりなら

7. 季節に＿＿＿カビが生えやすくなるので、しっかり換気を
しましょう。

Ⓐ よると　　　　　　　Ⓑ ひきかえ

Ⓒ よっては　　　　　　Ⓓ はんして

8. 彼は長年海外に勤務した＿＿＿、外国人への対応が
素晴らしいです。

Ⓐ だけの　　　　　　　Ⓑ だけあって

Ⓒ ことがある　　　　　Ⓓ だけで

9. 山田さんは午前中に会議が入っているから、午後に訪問
＿＿＿ですよ。

Ⓐ するといい　　　　　Ⓑ するがいい

Ⓒ ほうがいい　　　　　Ⓓ するの

10. 郵便局は5時に閉まるから、早めに行った＿＿＿ですよ。

Ⓐ がいい　　　　　　　Ⓑ べき

Ⓒ ほうがいい　　　　　Ⓓ といい

解答 1Ⓑ 2Ⓐ 3Ⓓ 4Ⓑ 5Ⓓ 6Ⓐ 7Ⓒ 8Ⓑ 9Ⓐ 10Ⓒ

3-2

配属チームと同僚たち

はい ぞく　　　　　　　　どう りょう

所屬團隊和同事們

部も課もそれぞれに管理
者がいます。
各部門及課都有其負責人。

期待してます。
期待你的表現。

いい刺激になりそうです。
感覺是很好的刺激。

初めてお見受けしました。
我第一次見到他。

会話（かいわ）❶ 所屬部門

配属（はいぞく）された部署（ぶしょ）

PLAY ALL | TRACK 56

佐藤跟鈴木在走廊上對話。兩人
談到了關於公司的組織結構……

佐藤（さとう）： 鈴木（すずき）さん、新（あたら）しい名刺（めいし）がやっと届（とど）きましたよ。

鈴木，新的名片終於送來了喔。

鈴木（すずき）： ありがとうございます。部署名（ぶしょめい）が変更（へんこう）¹ になると、いろいろ面倒（めんどう）ですね。

謝謝您。一旦變更部門的名稱，就會有許多麻煩呢。

 重點單字

1. 変更（へんこう） ◎【名】變更、修改
- 社員名簿（しゃいんめいぼ）に変更（へんこう）を加（くわ）えました。

我修改了社員名冊。

2. 分（わ）かれます ④【動Ⅱ自】分配、分開
- 参加者（さんかしゃ）はタクシー３台（さんだい）に分（わ）かれて乗（の）ってください。

請參加者分三台搭乘計程車。

基礎敬語　基本禮儀　辦公室大小事

246

佐藤：そうですね。企画推進課が第一と第二の２つに分かれ
　　　て[2]しまいました[1]からね。

是啊。因為企劃促進課分成第一和第二兩個部門了呢。

鈴木：経営企画本部、経営企画部、第二企画推進課。本部の
　　　下に部があって、部の下に２つの課があるんですね。

經營企劃本部、經營企劃部、第二企劃促進課。本部之下有部門，部
門之下再分成兩個課呢。

佐藤：そうそう。日本ではよく見かける[3]縦型の組織ですね。
　　　部も課もそれぞれ[4]に管理者がいます。

沒錯。這是在日本很常見的縱向組織喔。部門也好，課也好，都有各
自的主管。

鈴木：部であれ課であれ、管理職って本当に大変そうです
　　　ね。

不管是部門還是課，感覺主管真的很辛苦呢。

---

3. 見かけます ④【動Ⅱ他】看到

• あの人はロビーでよく
　見かける人です。

很常在大廳看到那個人。

4. それぞれ ③【名】各個

• 彼の作品にはそれぞれ
　個性がある。

他的作品各有不同的特色。

佐藤： 管理職の責任は重いですよ。肩書きがないほうが、
ずっと気が楽ですよね。

主管的責任很重喔。沒有職稱的人會輕鬆許多。

鈴木： 自信がついてからでないと [2]、できない仕事ですね。

若沒有自信，就無法勝任主管的工作呢。

佐藤： 鈴木さんも第二企画推進課でキャリアを積んで
出世して [5] くださいね。期待してますよ。

你也在第二企劃促進課裡累積經驗，日後獨當一面吧。我很看好妳喔。

鈴木： は、はい。期待に答えられるよう、頑張ります。

是。為了不辜負您的期望，我會努力的。

5. 出世します [5] 【動Ⅲ自】升官、出人頭地

• 彼は今年から課長に出世しました。

他今年升上課長了。

 學習焦點

1. ～てしまう ～完、～了、不小心～

「動詞て形＋しまう」用來表達對於所發生的事感到遺憾、可惜、羞恥等情緒，也可表示已完成的動作。可翻譯成「不小心～」、「～完了」，口語時會變成「～ちゃう」。

- 寝坊（ねぼう）して会社（かいしゃ）に遅（おく）れてしまいました。

  我因為睡過頭，不小心上班遲到了。

  你也可以這樣說：

  寝坊（ねぼう）して会社（かいしゃ）に遅（おく）れ ちゃいました 。

  我因為睡過頭，不小心上班遲到了。

- 一気（いっき）に報告書（ほうこくしょ）を書（か）いてしまいましょう。

  來一口氣寫完報告吧。

2. ～からでないと 不先做～不行、必須先～

「動詞て形＋からでないと」說明在做某個行動之前，必須先做某動作。

- 手（て）を洗（あら）ってからでないと、おやつをあげませんよ。

  沒有先洗手的話，就不給你點心喔。

- 料金（りょうきん）を支払（しはら）ってからでないと、入館（にゅうかん）できません。

  沒有先付費的話，就不能入館。

  你也可以這樣說：

  料金（りょうきん）を支払（しはら）って からでなければ 、入館（にゅうかん）できません。

  沒有先付費的話，就不能入館。

上司と先輩たち
じょう し　　　　せん ぱい

🛜 PLAY ALL | TRACK 57

佐藤和主管山田在走廊上討論關
於指導後輩的狀況……

山田： 佐藤さん、後輩¹の鈴木さんは仕事に慣れて²きまし
やまだ　　さ とう　　　こうはい　　 すずき　　　　しごと　　 な
たか。

佐藤，後輩鈴木小姐工作上都習慣了嗎？

佐藤： そうですね。今のところ順調なので、このまま伸び
さ とう　　　　　　　　　いま　　　　　じゅんちょう　　　　　　　　　　　　の
てほしいものです。

是的。目前為止都很順利，希望她可以照這樣持續進步。

重點單字

1. **後輩** ⓪【名】後輩
   こうはい
   • 彼と私は大学の先輩後輩の
   かれ　わたし　だいがく　　せんぱいこうはい
   仲です。
   なか

   我和他在大學是學長和學弟的關
   係。

2. **慣れます** ③【動Ⅱ自】習慣
   な
   • 私はもう外国での生活に
   わたし　　　　　がいこく　　　せいかつ
   慣れた。
   な

   我已經習慣外國的生活。

山田：時々自信がなさそうなところが見えていたので、少し心配していたんです。

她有時看起來好像沒自信的樣子，我有點擔心。

佐藤：環境に慣れるにしたがって[1]、自信も付いてきたように思います。

隨著適應環境之後，我覺得她越來越有自信了。

山田：それは佐藤さんが先輩らしくしっかり指導してくれているからですね。

那是因為佐藤很有前輩風範，好好地指導了她喔。

佐藤：いえいえ、そんな。鈴木さんは時々、川上くんの相談役にもなっているようです。

哪裡，您過獎了。川上好像有時也會去找鈴木商量事情。

山田：それは川上くんにもいい刺激になりそうですね。

那對川上來說應該也是很好的刺激吧。

---

3. **目指します** ④【動I他】以～為目標

• 私の会社は上場を目指しています。

我的公司以股票上市為目標。

4. **上司** ①【名】上司、主管

• 彼の新しい上司はフランス人です。

他新的主管是法國人。

佐藤：川上くんは将来管理職を目指して³いるので、
彼にも頑張ってもらいたいですね。

川上未來的目標是晉升管理階層，也希望他可以加油啊。

山田：その点では、私も川上くんの上司⁴として²しっか
り教育していきますよ。

關於這部分，我也會以川上主管的身份好好指導他的。

佐藤：二人が来て、ますます⁵いいチームになってきました
ね。

他們兩人來了之後，我們的團隊變得越來越好了。

5. **ますます** ②【副】越來越〜

• １２月になって、ますます忙しく
なってきた。
到了十二月，變得越來越忙碌。

 學習焦點

1. ～にしたがって 隨著～

「動詞辭書形／第三類動詞語幹＋にしたがって」表示隨著前項狀態或動作變化，後項所述事物也跟著變化。前項句子多使用含有變化意涵的動詞。

- 少子高齢化が進むにしたがって、労働力不足が深刻化してきた。

  隨著少子化及高齢化的進展，勞動力不足的問題變嚴重了。

- 子供が成長するにしたがって、親の責任も少しずつ軽くなってきた。

  隨著孩子長大，父母親的責任也越來越輕了。

2. ～として 作為～

「名詞＋として」表示站在該名詞之立場，應該做某事之意。

- 父親として、子供にはいつも立派な模範を見せたい。

  作為父親，希望總是做好榜樣給孩子看。

- 会社としては、社員のために働きやすい環境を作りたいと思っている。

  以公司的立場，希望可以為員工創造舒適的工作環境。

会話 ③ 別部門的同梯

他部署（たぶしょ）の同期（どうき）

PLAY ALL | TRACK 58

川上跟鈴木在辦公室裡聊天。他們聊到了和自己同梯進公司的同事……

鈴木（すずき）：今（いま）、川上（かわかみ）くんとお話（はな）しされている方（かた）はどなたですか？初（はじ）めてお見受（みう）けしました[1]。

現在正在和川上說話的那一位是誰呢？我第一次見到。

佐藤（さとう）：フロアが違（ちが）うので、めったに会（あ）うことはない[1]ですよね。彼（かれ）は経理部（けいりぶ）の栗原主任（くりはらしゅにん）ですよ。

因為樓層不同，所以很少見得到吧。他是會計部的栗原主任喔。

重點單字

1. 見受（みう）けます ④【動Ⅱ他】看見、判斷

• 社長（しゃちょう）は最近（さいきん）、とても忙（いそが）しいようにお見受（みう）けする。

我看社長最近很忙碌的樣子。

2. 同期（どうき）①【名】同期、同梯

• 彼（かれ）は唯一（ゆいいつ）の同期（どうき）の友（とも）だ。

他是我唯一同梯的朋友。

鈴木：経理部の方が直接来られるなんて、何かあったんでしょうか。

會計部的人親自過來，是發生什麼事了嗎？

佐藤：川上くんのことだし[2]、経費精算の事で何か失敗したんでしょう。

因為是川上啊，我想應該是計算經費上算錯了什麼吧。

鈴木：見たところ、そのようですね。佐藤さんは栗原主任のことをよくご存知なんですか。

看起來好像是那樣呢。佐藤前輩跟栗原主任很熟嗎？

佐藤：ええ。栗原主任とは同期入社で、出身大学も同じなので、いろいろ話をしますよ。

是啊。因為我和栗原主任是同梯進公司，而且是同一所大學畢業的，所以我們會聊各種話題喔。

---

3. 心強い ⑤【い形】放心的
- 課長が一緒だと心強いです。

和課長一起的話，我就放心了。

4. 羨ましい ⑤【い形】羨慕的
- 私は本社勤務の人が羨ましい。

我很羨慕在總公司工作的人。

鈴木： そうですか。いい同期²がいると心強い³ですよね。
羨ましい⁴です。

原來如此。有好的同梯會讓人很放心呢。真羨慕。

佐藤： そういえば、鈴木さんと川上くんも同期でしたよね。

話說回來，鈴木和川上也是同期進公司的對吧。

鈴木： はい。私は中途採用⁵なんですが、入社の年は
同じです。

是的。雖然我是非應屆錄取進公司的，不過我們的確是同一年
進公司的。

佐藤： 鈴木さんは転職組だったんですね。

原來妳是非應屆錄取進公司的啊。

5. 中途採用 ④【名】非應屆錄取

　• インターネットで中途採用の
　　募集をする。

　　透過網路應徵非應屆錄取的職缺。

256

 學習焦點

1. めったに～ない 很少～、幾乎不～

「めったに＋否定形」表達某事發生的頻率或可能性非常低。

- 清水さんはめったに会社を休まない。

  清水先生 (小姐) 很少請假不上班。

- 海外転勤のチャンスはめったにないですよ。

  調職海外的機會可是千載難逢。

2. ～のことだし 因為是～

「名詞＋のことだし」用於提到某人或某事，而推測及描述其帶有的特質或能力。

- 優秀な鈴木さんのことだし、きっと今回の仕事もしっかり

  やってくれるだろう。

  因為是優秀的鈴木小姐，所以這次的工作也一定會好好地執行吧。

  你也可以這樣說：

  優秀な鈴木さん のことだから 、きっと今回の仕事もしっかり

  やってくれるだろう。

  因為是優秀的鈴木小姐，所以這次的工作也一定會好好地執行吧。

会社内の組織図のサンプル

公司內組織圖之範本

縦型その1

縦向組織之一

取締役会
董事會

代表取締役
執行長

会長
董事長

営業部
營業部

事業部
事業部

総務部
總務部

経理部
會計部

第一営業課
營業一部

企画課
企劃部

広報課
公關部

第二営業課
營業二部

研究開発課
研發部

第三営業課
營業三部

縦型その2
縦向組織之二

株主総会
股東會

理事会
理事會

取締役会
董事會

企画本部
企劃本部

マーケティング本部
行銷本部

支店長会議
分店長會議

人事部
人事部

プロモーション局
廣宣處

経理部
會計部

エリアマネージャ
區域經理

開発部
研發部

店長
店長

総務部
總務部

バイトリーダー
領班

営業部
營業部

日本企業における職責いろいろ
在日本企業中各式各樣的職責

台灣與日本的職稱並不相同。在此介紹一些日本企業中具代表性的職稱。

1 会長

一般的には社長を退任した後就任する。
会社に影響を及ぼす場合もある役職。

一般來說，由社長退休後擔任。此職位有時也會影響公司決策。

2 社長

会社の最高権力者。多くの場合、代表権を有する代表取締
役が就任する。

公司中最高權位者。大多數的情況，會由擁有代表權的執行長擔任。

3 副社長

一般的に、社長以下、専務以上のポジションの役職。

一般來說，是位於社長以下，專務以上的重要職位。

4 専務
せんむ

社長の業務を補佐し、会社の全般的な業務を管理する。
しゃちょう ぎょうむ ほさ かいしゃ ぜんぱんてき ぎょうむ かんり

負責輔助社長的業務，管理公司全面性的業務。

5 常務
じょうむ

社長の業務を補佐し、会社の日常の業務を管理する。
しゃちょう ぎょうむ ほさ かいしゃ にちじょう ぎょうむ かんり

負責輔助社長的業務，管理公司日常性的業務。

6 支社長
し しゃちょう

会社の支社の長。
かいしゃ ししゃ ちょう

分公司的社長。

7 支店長
し てんちょう

会社の支店の長
かいしゃ してん ちょう

公司分店的店長。

8 本部長
ほんぶ ちょう

営業本部、製造本部などの業務本部が設置される場合の、
えいぎょうほんぶ せいぞうほんぶ ぎょうむほんぶ せっち ばあい

本部責任者。
ほんぶ せきにんしゃ

若營業本部、製造本部等設有業務部門時，所產生的總部負責人。

9 部長
ぶ ちょう

部と呼ばれる組織の長。
ぶ よ そしき ちょう

部門的負責人。

10 工場長（こうじょうちょう）

工場の長。場長と呼ばれることもある。

工廠的負責人。有時也直接稱之為廠長。

11 次長（じちょう）

部門責任者の代理者または次席として設置される。

部門責任人的代理人，或位於負責人之下的職位。

12 室長（しつちょう）

会社内での「室」という組織単位の長。

公司內部組織「室」的負責人。

13 課長（かちょう）

会社組織の中の「課」の長。

公司組織中「課」的負責人。

14 係長（かかりちょう）

会社組織の中で業務の最小単位の「係」における監督的立場。管理職としては最も下。

負責監督公司組織中業務的最小單位「係」，是最低階的管理階層。

15 主任（しゅにん）

一般の従業員の中での熟練者を指し、管理職とは見なされない。

指一般職員中熟悉工作之人，不被視為管理階層。

NOTE

讀一讀！● 職場日語專欄

小テスト

請填入適當的答案。

◯ *1.* 会議の時間が ＿＿＿ になったので、メールでお知らせします。

    Ⓐ 変更   Ⓑ 改新

    Ⓒ 改変   Ⓓ 一新

◯ *2.* 会社によって ＿＿＿ 考え方が違うので、よく研究しましょう。

    Ⓐ ほうぼう   Ⓑ かたがた

    Ⓒ つくづく   Ⓓ それぞれ

◯ *3.* 山田さんと私は、大学時代の先輩と ＿＿＿ の仲です。

    Ⓐ 長輩   Ⓑ 前輩

    Ⓒ 後輩   Ⓓ 先生

◯ *4.* 日本では、同じ年度に入社した人のことを ＿＿＿ と呼びます。

    Ⓐ 同期   Ⓑ 採用

    Ⓒ 中途   Ⓓ 転職組

◯ *5.* 全然契約が取れないので、たくさん契約が取れている人が

    ＿＿＿ です。

    Ⓐ うらまやしい   Ⓑ うらやましい

    Ⓒ うまらやしい   Ⓓ うやらましい

6. 取引先からいただいたお菓子はもう食べ ＿＿ ました。

Ⓐ てしまう 　　　　　Ⓑ てしまえ

Ⓒ てしまい 　　　　　Ⓓ てまい

7. ファイルを閉じて ＿＿ 、パソコンの電源を切れません。

Ⓐ からには 　　　　　Ⓑ からは

Ⓒ からであれば 　　　Ⓓ からでないと

8. 海外生活に慣れる ＿＿ 、だんだん言葉も理解できるように
なりました。

Ⓐ にしたがって 　　　Ⓑ におうじて

Ⓒ にかんして 　　　　Ⓓ にくらべて

9. 社長は忙しいので、 ＿＿ 会社で会うことはできません。

Ⓐ たまに 　　　　　　Ⓑ めったに

Ⓒ ときどき 　　　　　Ⓓ いっしゅん

10. 教師＿＿ アドバイスするなら、単語をたくさん覚える
ことです。

Ⓐ とみえて 　　　　　Ⓑ となると

Ⓒ として 　　　　　　Ⓓ とすると

解答 1Ⓐ 2Ⓓ 3Ⓒ 4Ⓐ 5Ⓑ 6Ⓒ 7Ⓓ 8Ⓐ 9Ⓑ 10Ⓒ

3-3

歓送迎会と レクレーション

かん　そう　げい　かい

迎新會、送別會、聚餐

参加者が数名増えても差し支えありません。

増加幾位參加者也不會有影響。

参考までに、教えてほしい。

希望你可以給我一些建議作參考。

歓迎会は人間関係を作ることが目的。

迎新會的目的在於建立人際關係。

お待たせいたしました。

讓大家久等了。

会話 ❶ 籌備迎新會

<ruby>会話<rt>かいわ</rt></ruby>

<ruby>歓迎会<rt>かんげいかい</rt></ruby>の<ruby>計画<rt>けいかく</rt></ruby>

PLAY ALL | TRACK 61

山田和佐藤在辦公室裡談話。山田向佐藤確認一些迎新會的細節……

<ruby>山田<rt>やまだ</rt></ruby>：<ruby>佐藤<rt>さとう</rt></ruby>さん、<ruby>新人<rt>しんじん</rt></ruby>さんの<ruby>歓迎会<rt>かんげいかい</rt></ruby>¹の<ruby>日程<rt>にってい</rt></ruby>は、<ruby>来週<rt>らいしゅう</rt></ruby>の<ruby>金曜<rt>きんよう</rt></ruby><ruby>日<rt>び</rt></ruby>で<ruby>大丈夫<rt>だいじょうぶ</rt></ruby>ですか。

佐藤，新人們的迎新會時間，確定是下週五沒問題吧？

<ruby>佐藤<rt>さとう</rt></ruby>：はい、<ruby>特<rt>とく</rt></ruby>に<ruby>問題<rt>もんだい</rt></ruby>ありません。<ruby>来週<rt>らいしゅう</rt></ruby>は<ruby>誰<rt>だれ</rt></ruby>も<ruby>出張<rt>しゅっちょう</rt></ruby>の<ruby>予定<rt>よてい</rt></ruby>がないので、ちょうど²よかったです。

是，沒有什麼問題。下週沒有人預計要出差，這個時間剛剛好。

重點單字

1. <ruby>歓迎会<rt>かんげいかい</rt></ruby> ③【名】迎新會
- <ruby>新<rt>しん</rt></ruby>メンバーの<ruby>歓迎会<rt>かんげいかい</rt></ruby>を<ruby>開<rt>ひら</rt></ruby>く。

  舉辦新成員的迎新會。

2. ちょうど ⓪【副】剛好、正好
- <ruby>彼<rt>かれ</rt></ruby>はちょうどいいタイミングに<ruby>来<rt>き</rt></ruby>た。

  他來得正是時候。

山田： 開催する場所や時間はみんなに伝わっていますか。

舉辦的場所和時間已經通知大家了嗎？

佐藤： これから、課のみんなにメールで案内するところなんです。

我正要用 E-mail 通知課內的大家。

山田： ところで、自分の歓迎会なのに川上くんに幹事をお願いしちゃっていいんですか。

話說回來，明明是自己的迎新會，卻還是拜託川上當負責人可以嗎？

佐藤： もちろんですよ。宴会の幹事 3 にかけては 1 川上くんの右に出る者はいません 2 からね。

那當然。因為說到主持宴會，除了川上無人能出其右了。

山田： それから、課のメンバーに加えて 4 部のメンバーも数名誘って 5 いますがいいですか。

另外，除了課內同事之外，我還邀請了幾位部門同事，可以嗎？

---

3. 幹事 ① 【名】總幹事、負責人
- 私が社内旅行の幹事を担当する。

我擔任員工旅行的負責人。

4. 加えます ④ 【動 II 他】加入、加進
- メンバーに新人も加えてください。

也請把新進員工加進成員中。

佐藤： ええ、もちろんですよ。参加者が数名増えても
差し支えありません。

是，當然可以。多幾位參加者不會有影響的。

山田： 助かります。ありがとう。

真是幫了大忙。謝謝妳。

5. 誘います ④【動Ⅰ他】邀請

● 後輩を誘って飲みに行く。

邀請後輩一起去喝酒。

 學習焦點

1. 〜にかけては 在〜方面

「名詞＋にかけては」用於敘述在某方面或領域內，主語有特別好的表現。

- 勉強は苦手だが、スポーツにかけては誰にも負けない。

  我不擅長讀書，可是運動方面的話不會輸給任何人。

  你也可以這樣說：

  勉強は苦手だが、スポーツでは誰にも負けない。

  我不擅長讀書，可是運動方面的話不會輸給任何人。

- ゲーム開発にかけては、この会社が一番優れている。

  在遊戲開發方面，這間公司是最優秀的。

2. 右に出る者はいない 無人能出其右

此為一慣用語，表示某人在某方面的表現突出，沒有人比他更好。類似用法尚有「誰にも負けない」、「肩を並べる者はいない」等等。

- 足の速さでは、彼女の右に出る者はいない。

  她在跑步的速度方面，無人能出其右。

  你也可以這樣說：

  彼女は足の速さでは誰にも負けない。

  她跑步的速度不會輸給任何人。

  足の速さに関しては、彼女と肩を並べる者はいない。

  在跑步的速度方面，沒有人能夠與她相比。

人間関係づくり
にん げん かん けい

PLAY ALL | TRACK 62

川上和鈴木在休息室裡談話。
川上請鈴木在迎新會上做自我
介紹……

川上：鈴木さん、来週の歓迎会の時に自己紹介[1]のスピー
かわかみ　すずき　　らいしゅう　かんげいかい　とき　じこしょうかい

チをしてもらうからね。

鈴木，下週迎新會時，要請妳自我介紹喔。

鈴木：自己紹介かぁ。私、人前でのスピーチとか苦手なん
すずき　じこしょうかい　　　わたし　ひとまえ　　　　　　　　　　　にがて

だけど大丈夫かな。
だいじょうぶ

自我介紹啊。我其實很不擅長在眾人面前說話，好擔心喔。

重點
單字

1. 自己紹介 ③【名】自我介紹
　　じこしょうかい

• あなたの自己紹介をして
　　　　　　　じこしょうかい
　くださいね。

請你自我介紹。

2. 無難（な）⓪【な形】安全（的）
　　ぶなん

• 彼はいつも無難な方法を
　かれ　　　　　ぶなん　ほうほう
　選ぶ。
　えら

他總是選擇安全的方法。

川上：まあ、スピーチするからには¹先に話すことを決めて
おくのが無難だ²と思うよ。

> 既然要上台說話，我覺得在那之前先決定好談話內容會比較
> 安全喔。

鈴木：どんな話をしたら好感を持たれると思う？参考まで
に、教えてほしいんだけど。

> 你覺得要說什麼才能讓大家有好感呢？希望你可以給我一些建議
> 作為參考。

川上：例えば³、自分の専門分野の紹介とか、今までの仕事
の経験とか、今後の抱負⁴とかかな。

> 例如，介紹自己的專業啦、到目前為止的工作經驗啦、或是今後的抱
> 負等等之類的吧。

鈴木：個人的なこと、例えば、出身地や出身大学、趣味や
性格とかはお話しするべきなのかな。

> 個人的事，例如出身地或大學母校、自己的興趣或個性之類的可以說
> 嗎？

會話 ❷ 建立人際關係

---

3. 例えば ②【副】例如

- 例えば名前や住所のような個人
  情報は厳重に管理してください。

  例如姓名或地址等個人資料要嚴格地控管。

4. 抱負 ⓪【名】抱負

- 同僚と将来の抱負を
  語る。

  和同事述說將來的抱負。

川上：そういう情報があると、鈴木さんの事がよくわかる
し、いいと思うよ。

如果有這些資訊的話，就能更了解妳這個人，我覺得很好喔。

鈴木：趣味にしても性格にしても [2] 至って [5] 普通なんだけど、
それでもいいかな。

不管是我的興趣還是個性都非常普通，這樣也沒關係嗎？

川上：いいと思うよ。歓迎会は人間関係を作ることが
目的なんだから、気軽に考えてね。

我覺得可以喔。迎新會的目的就是為了和大家建立人際關係，所以放
輕鬆一點吧。

鈴木：了解。じゃあ、少し考えてみるからまた相談に
乗ってね。

了解。那我稍微想一下，之後再跟你商量喔。

5. **至って** [2]【副】**非常地**

• あの方は至って真面目な
方です。

那位是非常認真的人。

 學習焦點

1. ～からには 既然～，就～

「普通體＋からには」前項敘述某動作或狀態，而後項則接續因而想做，或該負的責任、義務。

- せっかく沖縄に来たからには、きれいな海で思い切り泳ぎたい。

  既然難得來了沖繩，就想痛快地在這片漂亮的大海游泳。

- 試合に申し込んだからには、全力で挑みたいと思う。

  既然都報名了考試，就決定要全力以赴挑戰。

- 親と約束したからには、国立大学を目指して頑張るつもりです。

  因為已經跟父母親約好了，所以我打算努力考上國立大學。

2. ～にしても～にしても 無論～，還是～

「動詞辭書形／名詞＋にしても＋動詞辭書形／名詞＋にしても」先舉出二或三個例子，而表達無論哪個都一樣之意。

- 東京にしても大阪にしても、大都市には共通した問題がある。

  無論是東京還是大阪，大都市會有共同的問題。

- 晴れにしても雨にしても、このイベントは決行するという方針です。

  無論是晴天還是雨天，這個活動原則上會如期舉行。

- 出席するにしても休むにしても、必ず連絡を入れてください。

  無論決定要出席或缺席，請務必連絡。

会話 ③ 迎新會的開場白

会のはじめのご挨拶

PLAY ALL | TRACK 63

在新人的迎新會上，川上擔任負責人兼司儀，他邀請主管山田做迎新會開頭的致詞⋯⋯

川上：みなさん、お待たせいたしました。ただいまより歓迎会をはじめます。と言っても私の歓迎会でもあるんですが……。それではまず、山田課長から一言ご挨拶をいただきます。山田課長、よろしくお願いします。

大家久等了，新人的迎新會現在開始。話雖如此，其實也是我的歡迎會啦……。首先，由山田課長來致詞。山田課長，麻煩您了。

重點單字

1. 迎えます ④【動Ⅱ他】迎接
   • お客様を笑顔でお迎えします。
   用笑臉迎接客人。

2. 支えます ④【動Ⅱ他】支援、扶持
   • 仲間を支えるのは当然のことだ。
   扶持同伴是理所當然的事。

276

山田：みなさん、お疲れさまです。ご存知のとおり、先月から新しい仲間として鈴木さんたちをお迎えしました[1]。最初のうちは慣れないことも多いでしょうから、みんなで支えて[2]あげてくださいね。お互いに仕事を通じて[1]いい人間関係を築いていきましょう。では、新人を代表して、鈴木さんに簡単に自己紹介をお願いできますか。

大家辛苦了。承如大家所知，上個月鈴木小姐等人作為新血加入了我們。一開始應該有很多不習慣的地方，還請大家多關照。透過工作，彼此建立良好的人際關係吧。那麼，能否請鈴木小姐代表新進員工，簡單地做自我介紹？

（上座に移動して）（移動到主位上）

鈴木：みなさま、お疲れさまです。改めまして、先月からこちらでお世話になっております「鈴木リカ」です。本日は私たちのためにこのような歓迎会を開いて[3]くださいまして[2]ありがとうございます。私は滋賀県出身で、地元の大学にて経営管理を学びました。

---

3. 開きます ④【動I他】舉行
• 彼女は来月個展を開くことになった。
她下個月會開個展。

4. 気配り ②【名】關心
• 最近の若者は気配りが足りない。
最近的年輕人都不夠關心他人。

基礎敬語　二

基本禮儀

辦公室大小事

前職では営業デスクとしてフォローの仕事をしてきましたので、自分では気配り⁴ができるほうではないかなと思います。趣味は映画鑑賞で、映画を見ながら号泣するタイプです。映画がお好きな方がいらっしゃいましたら、是非誘ってください。駆け出し⁵の身ではありますが、みなさまのお役に立てるよう日々努力してまいりますのでご指導ご鞭撻のほど、何卒よろしくお願い申しあげます。

大家辛苦了。重新再介紹一次，我是上個月到職的「鈴木リカ」。今天謝謝大家為了我們舉辦迎新會。我出生於滋賀縣，在當地的大學主修經營管理。之前的工作是擔任業務助理，負責輔助的工作，自認是會察言觀色的人。我的興趣是欣賞電影，是會邊看電影邊大哭的人。如果也有喜歡看電影的同好的話，請務必約我一起去。雖然我還是菜鳥，但我會努力成為各位的助力，還請大家不吝指教。

川上：鈴木さん、ありがとうございました。では、山田課長、続けて乾杯のご発声をお願いします。

謝謝鈴木小姐。那麼，山田課長，麻煩您帶著大家一起乾杯。

 重點單字

5. 駆け出し ⓪【名】新人、菜鳥
- 私は駆け出しの教師です。

  我是菜鳥老師。

1. ～を通(つう)じて 透過～

「名詞＋を通(つう)じて」表示以某事物為媒介、方法，而達成某目的或狀態。也可以用「～を通(とお)して」替換。

- 友人(ゆうじん)を通(つう)じて、この会社(かいしゃ)を 紹 介(しょうかい)してもらいました。

  透過朋友，介紹了我這家公司。

你也可以這樣說：

友人(ゆうじん) を通(とお)して 、この会社(かいしゃ)を 紹 介(しょうかい)してもらいました。

透過朋友，介紹了我這家公司。

- ＳＮＳ(エスヌエス)を通(つう)じて、日本(にほん)で生活(せいかつ)している友達(ともだち)に連絡(れんらく)します。

  透過通訊軟體，和在日本生活的朋友連絡。

- この文 章(ぶんしょう)を通(つう)じて、日本(にほん)と台湾(たいわん)の関係性(かんけいせい)を知(し)りました。

  透過這篇文章，我了解了日本和台灣的關係。

---

2. ～てくださる 為我～

「動詞て形＋くださる」以說話者作主詞，表達對方為自己做某行為。其中包含對該行為表達感謝之意，是比「動詞て形＋くれる」更有禮貌的說法。

- 面接(めんせつ)のお時間(じかん)を作(つく)ってくださり、ありがとうございました。

  謝謝您騰出時間來面試。

- 足立(あだち)さんが道(みち)を案内(あんない)してくださったんです。

  是足立先生為我指路的。

- 誕 生 日(たんじょうび)プレゼントを海外(かいがい)から送(おく)ってくださるなんて、感動(かんどう)しました。

  特地從國外寄生日禮物給我，我很感動。

基礎敬語

基本禮儀

辦公室大小事

鈴木さんの自己紹介スピーチ
すず き　　　　　　　　　じ こ しょうかい

鈴木小姐的自我介紹文

關於自我介紹文的長度，建議將內容簡單地統整成一分鐘左右。事前準備時，先選出一些能讓人了解自己的關鍵字，再以謙虛的態度作自我介紹。此外，就算有許多想要表現的地方，建議還是做取捨會比較好。

逐句分析

❶
課のみなさま、
お疲れさまです。
か
つか

首先第一句話用「大家辛苦了」來開頭是最保險的。

❷
改めまして、
あらた

此句意指「雖然已經和大家自我介紹過了，但還是特別再說一次」。

❸
先月からこちらでお世話になっております
「鈴木リカ」です。
せんげつ
わ
すず き

自我介紹時，請使用全名來作介紹。

❹
本日は私たちのためにこのような歓迎会を開いてくださいましてありがとうございます。
ほんじつ　わたし
かんげいかい
ひら

對與會的人表達感謝，能讓好感度提升。

❺
私は滋賀県出身で、地元の大学にて経営管理を学びました。
わたし　し が けんしゅっしん
じ もと　だいがく　　けいえいかん
り　まな

可以加入一些自己學經歷的內容。

❻

前職では営業デスク
としてフォローの仕事
をしてきましたので、

可將前一份工作的經歷加入
介紹文中。

❼

自分では気配りができるほ
うではないかなと思います。

適度的自我推銷是可以的，不過切記
保持謙虛。

❽

趣味は映画鑑賞で、映画
を見ながら号泣するタイ
プです。

若在內容加入自己的興趣、專長
或喜好事物的話，會讓人感覺更
親切。

❾

映画がお好きな方がいらっ
しゃいましたら、是非誘っ
てください。

表現出樂於交流的性格，會更具親切
感。

❿

駆け出しの身ではあり
ますが、みなさまのお
役に立てるよう日々努
力してまいりますので

在結尾的部分，可以表現出對
工作的熱忱。

⓫

ご指導ご鞭撻のほど、
何卒よろしくお願い
申しあげます。

最後以這句話做結尾，使人
感覺更有禮貌、謙虛。

日本の飲み会文化
日本的喝酒聚會文化

近年來，每間公司有其各自不同的聚會形式，例如迎新會和送別會、尾牙、春酒、消暑宴或慶功宴等等。更有許多公司，會為了加強職場交流而舉行飲酒聚會。以下介紹一些常見的飲酒聚會、宴席的名稱。

親睦会／懇親会
親睦會 / 懇親會

在公司內部、團隊或個人之間，為了加深彼此感情而舉辦的聚會。

決起会
決行會

在舉辦一些大型活動前，為了壯大氣勢而舉辦的聚會。

打ち上げ
慶功宴

工作任務結束後所舉行，較輕鬆的小型宴會。

慰労会
慰勞會

在重要工作結束之後，所舉辦的正式宴會。

反省会

反省會

在工作任務結束後，回顧工作成果的聚會。大多數反省會不喝酒。

暑気払い／納涼会

消暑活動／乘涼會

是在夏天舉辦的宴會，以喝喝冰涼的啤酒等清涼飲料來消暑為宗旨。

忘年会／新年会

尾牙／春酒

於年底舉辦的宴會是尾牙，於年初舉辦的宴會為春酒。

歓送迎会

送舊迎新會

款待新進人員的是「歓迎会」(迎新會)，以及送別要離開公司的人的是「送別会」(送別會)。合辦時就統稱為「歓送迎会」(送舊迎新會)。

納会

慶功宴

於公司期末結算時所舉辦的宴會。因公司制度不同而有不同結算時期，有些是半年，有些則是一季結算一次。

実<ruby>実<rt>じつ</rt></ruby>はめんどくさい？ 社内<ruby>社内<rt>しゃない</rt></ruby>イベント

公司內部的活動其實很麻煩？

在日本企業當中，有些企業會頻繁地舉辦公司內部運動會、高爾夫球大會、賞花、烤肉等讓人可以自由參加的活動。舉辦這些活動的目的，不外乎是為了加深員工之間的關係、使業務更活絡、預防離職的發生等等。這些活動，對於喜歡參加活動的人來說是容易接受的吧。不過，其實也有許多人並不想要參加這些活動。那麼，若想要果斷地拒絕參加時，應該怎麼表達比較好呢？讓我們來學習一些委婉的拒絕方式吧。其重點為「將心比心」、「顧慮對方的心情」。

社内<ruby>社内<rt>しゃない</rt></ruby>イベントの誘<ruby>誘<rt>さそ</rt></ruby>いが来<ruby>来<rt>く</rt></ruby>る時<ruby>時<rt>とき</rt></ruby>

情境一

Q： 今晩<ruby>今晩<rt>こんばん</rt></ruby>、課長<ruby>課長<rt>かちょう</rt></ruby>のうちでたこ焼<ruby>焼<rt>や</rt></ruby>きパーティーをするんだけど、川上<ruby>川上<rt>かわかみ</rt></ruby>くんも一緒<ruby>一緒<rt>いっしょ</rt></ruby>にどう？

今晚，課長家要開章魚燒派對，川上你要不要一起來呢？

> 気遣<ruby>気遣<rt>きづか</rt></ruby>い：顧慮對方特地邀約自己的心情

A： せっかくのお誘いなんですが、あいにくその日<ruby>日<rt>ひ</rt></ruby>は先約<ruby>先約<rt>せんやく</rt></ruby>があってどうしても都合<ruby>都合<rt>つごう</rt></ruby>がつかないんです。

這是很難得的邀約，但是真不巧，我已經和別人先約好了，時間上無法配合。

Q： 今年のお花見は例年通り上野公園で開催しますよ。川上くんも行きますよね。

今年的賞花會跟往常一樣，會辦在上野公園喔。川上你也會去對吧？

> 気遣い：先表達出自己想去的心情

A： 行きたいのは山々なんですが、近々資格取得の試験があるので勉強しないとまずいんです。残念ですが今年のお花見は諦めます。

> 気遣い：表現出不得不放棄、扼腕

雖然我非常想去，但我最近為了檢定考試的關係，不得不認真唸書。真的很可惜，但只能放棄今年去賞花了。

Q： 週末にゴルフ大会がありますよ。ゴルフができなくても、大会後の懇親会には来てよ。

這個週末有高爾夫球大賽喔。就算不會打高爾夫球，也來參加一下會後的聚餐嘛。

> 気遣い：首先感謝對方的邀約

A： お誘いありがとうございます。参加したい気持ちはあるんですがここのところ体調があまりよくなくて少し休養したいので、今回は辞退させてください。

> 気遣い：表達自己的心有餘而力不足

謝謝您的邀約。雖然我想參加，但最近身體不適，想稍作休息，所以此次請容我婉拒。

讀一讀！● 職場日語專欄

🗨 小テスト

請填入適當的答案。

☐ 1. ＿＿＿ いいところに来てくれました。今呼びに行こうと
思っていたんです。

    Ⓐ ちょっと　　　　　　Ⓑ ちょうど

    Ⓒ たった今　　　　　　Ⓓ きっちり

☐ 2. 同僚の結婚パーティに ＿＿＿ ので、参加することにしました。

    Ⓐ 誘われて　　　　　　Ⓑ 誘った

    Ⓒ 誘う　　　　　　　　Ⓓ 誘われた

☐ 3. 日本には大都市がいくつかある。 ＿＿＿ 東京や大阪、横浜
がそうだ。

    Ⓐ 例えば　　　　　　　Ⓑ 例えて

    Ⓒ 例える　　　　　　　Ⓓ 例えは

☐ 4. 新しい社長が入ってこられたら、大きな拍手で ＿＿＿ ください。

    Ⓐ 迎えて　　　　　　　Ⓑ 迎える

    Ⓒ 迎えた　　　　　　　Ⓓ 迎え

☐ 5. いろんなことに細かく配慮することを ＿＿＿ といいます。

    Ⓐ 気張り　　　　　　　Ⓑ 心配

    Ⓒ 気配り　　　　　　　Ⓓ 不安

6. なぜか忙しい時に ＿＿＿、電話がかかってくるんですよね。

Ⓐ かわって　　　　　Ⓑ かけては

Ⓒ かぎって　　　　　Ⓓ いたって

7. その動画は好きなように使ってもらっても ＿＿＿ ですよ。

Ⓐ さしつかえない　　Ⓑ ざるをえない

Ⓒ かなわない　　　　Ⓓ いけない

8. 有給を取る ＿＿＿、残った仕事を終わらせなくては
ならない。

Ⓐ からこそ　　　　　Ⓑ からして

Ⓒ からといって　　　Ⓓ からには

9. 犬 ＿＿＿ 猫 ＿＿＿ ペットを飼い始めたら、意外にお金が
かかりますよ。

Ⓐ によって / によって　Ⓑ にしても / にしても

Ⓒ にする / にする　　　Ⓓ につれ / につれ

10. ＳＮＳを ＿＿＿ 新しい友達を作ることができる時代に
なりました。

Ⓐ はじめ　　　　　　Ⓑ ふまえて

Ⓒ つうじて　　　　　Ⓓ かぎりに

解答　1.Ⓑ 2.Ⓓ 3.Ⓐ 4.Ⓐ 5.Ⓐ 6.Ⓒ 7.Ⓐ 8.Ⓓ 9.Ⓑ 10.Ⓒ

機械のトラブル：
コピー機が壊れた

機械故障：印表機壞掉了

コピーする時はどのよう
にしたらいいでしょうか。
影印時應該要怎麼做才好呢？

もしよろしければ、操作
して見せていただけませ
んか。
可以的話，是否能請您操作一次給我看呢？

どこから手をつければい
いの？
該從哪裡著手才好呢？

使い方がわからない時
つか　かた　　　　　　　　とき

PLAY ALL | TRACK 67

佐藤正在教導鈴木如何使用多功
能印表機……

佐藤：鈴木さん、このコピー機は FAX とスキャナーの機能
さ とう　すず き　　　　　　　　　　　　き　　ファックス　　　　　　　　　　　　き のう
も付いている複合機 [1] ですからね。
　つ　　　　　ふくごう き

鈴木，這台印表機是具有傳真及掃描功能的多功能印表機喔。

鈴木：えっと……、コピーする時はどのようにしたらいいで
すず き　　　　　　　　　　　　とき
しょうか。

呃……，想要影印時，該怎麼做才好呢？

重點
單字

1. 複合機 ④【名】**多功能印表機**
ふくごう き

• 壊れた複合機を修理する。
こわ　　ふくごう き　しゅう り
修理壞掉的多功能印表機。

2. 機能 ①【名】**功能**
き のう

• スマートフォンには便利な
べん り
機能が満載です。
き のう　まんさい
智慧型手機有許多方便的功能。

290

佐藤： まず使う機能²を選んで、このボタンを押すだけです。
簡単でしょ。

首先選擇你想使用的功能，再按下這個按鈕就好。很簡單吧？

鈴木： この操作パネルでコピーのボタンを押せばいいんですね。

使用這個操作面板，按下影印的按鈕就可以了對吧。

佐藤： そう。その時に、紙のサイズや向き、カラーの指定もできますよ。

對。此時也可以設定紙張大小、方向，還可指定顏色喔。

鈴木： そうなんですか。もしよろしければ、操作して³見せていただけませんか。

這樣啊。如果方便的話，可以請您操作給我看看嗎？

佐藤： こうですよ。これに加えて¹、ソートするかしないかも設定しておくといいですよ。

像這樣。而且，還可以先設定好要不要分類喔。

---

3. **操作します** ① 【動Ⅲ他】操作

• ボタンを押して機械を操作します。

按下按鈕操作機械。

4. **まとめます** ④ 【動Ⅱ他】彙整

• 誰か会費をまとめてください。

誰來幫忙彙整一下會費。

鈴木： えっ、「ソートする」ってどういうことですか？

咦，「分類」是什麼意思呢？

佐藤： 複数の書類をコピーする時に、一部ごとにまとめて[4]
コピーするってことですよ。

是指在影印複數文件時，統整印出一份一份文件的意思喔。

鈴木： ありがとうございます。今のところ[5]、複合機の使い
方に関して[2]は問題なさそうです。

謝謝您。目前關於多功能印表機的使用方式，我應該沒問題了。

重點單字

5. 今のところ ⓪【連語】目前

　• 今のところは、何の心配も
　ありません。
　目前沒有任何疑慮。

292

 學習焦點

1. ～に加えて ～以外、還～

「名詞＋に加えて」意指除了前項所述事物之外，另外再加上其他事物。

- 明日の会議ではアジェンダに加えて、参考資料も準備して

  おいてください。

  明天的會議時，除了議程表之外，也請先準備好參考資料。

- この問題を解くには、数学の方程式に加えて、化学の知識も

  必要とされます。

  要解這個題目，除了數學方程式之外，還需要化學知識。

- 大量の新規案件に加えて、事業拡大も行うために、新しい

  人を雇う必要があります。

  增加了大量的新案件，再加上擴大業務範圍的關係，有必要增加新的人員。

---

2. ～に関して 關於～

「名詞＋に関して」表達對於某個話題或行動對象，於後項做出評論或追述。
是比「～について」更書面的用法。

- 先ほどの報告に関して、何か意見のある方は

  いらっしゃいますか。

  關於剛才的報告，是否有哪位有任何意見呢？

  你也可以這樣說：

  先ほどの報告について、何か意見のある方は

  いらっしゃいますか。

  關於剛才的報告，是否有哪位有任何意見呢？

- あのうわさに関して、何も話すことがありません。

  關於那則傳聞，我無可奉告。

會話 ❶ 不知道使用方式時

会話 ② 錯誤訊息的原因是？

エラーの原因は？

PLAY ALL | **TRACK 68**

川上發現印表機出現錯誤訊息，
於是找了鈴木一起來看看……

川上：あれ？またコピー機の紙詰まりのエラーが出ているよ。

咦？影印機又出現卡紙的錯誤訊息了。

鈴木：私が使った時には大丈夫だったんだけど、調子が悪いのかな。

我剛才使用的時候還沒問題呢，是機器的狀況不好嗎？

重點單字

1. 故障します ⑤【動Ⅲ自】故障

• オフィスのエレベーターが故障した。

辦公室的電梯故障了。

左側邊欄：基礎敬語　基本禮儀　辦公室大小事

川上： 最近エラーが頻繁に出てるし、このコピー機はどこか故障して[1]るにちがいない[1]ね。

最近常出現錯誤訊息，這台影印機一定是哪裡故障了吧。

鈴木： 故障とは限らないんじゃない？使い方の問題かもしれないし。

不一定是故障吧？也許是使用上的問題也說不定。

川上： そうだね。それにしても[2]どこから手をつければ[3]いいのかな。

說的也是。不過到底該從哪裡著手才好呢？

鈴木： 画面にエラー箇所が出ているし、1回指示に沿って[4]対処してみようよ。

畫面上有顯示發生錯誤的地方，我們先按照指示處理看看吧。

川上： そうだね。黒のトナーも少なくなっているから、ついでに[2]トナー交換もしようか。

好吧。而且黑色碳粉也快用完了，順便換碳粉匣吧。

---

2. それにしても ⑤【接】話說回來

• それにしても困ったことになった。

話說回來這下可傷腦筋了。

3. 手を①**つけます** ③【動Ⅱ自】著手

• 仕事は手をつけたら最後までやらなければいけない。

工作一旦著手，就必須做到最後。

鈴木： カラーのトナーは黒のに比べて、あまり減ってないみたいだね。

彩色碳粉匣跟黑色的比起來，好像沒有減少很多呢。

川上： フルカラーコピーはコストが高いから、なるべくモノクロコピーにしているんだよ。

因為彩色影印的成本很高，所以儘量使用黑白影印喔。

鈴木： コスト[5] 削減ってやつね。あ、紙詰まりの箇所が見えてきたよ。かなりやばそう！

就是節省成本對吧。啊，看到卡紙的地方了。看起來很不妙！

重點單字

4. 沿います ③【動I自】按照
- 財界は政府の方針に沿う。
  金融界會按照政府的方針。

5. コスト ①【名】成本
- 最近は材料のコストが高すぎる。
  最近材料的成本太高了。

296

 學習焦點

1. ～にちがいない　一定是～

「普通體＋にちがいない」表達說話者對某事實深信不疑。常和「きっと、
絶対に」等副詞一起使用。

- 彼の様子がおかしい。きっと何かを隠しているにちがいない。

  他的態度怪怪的。一定在隱藏某些事情。

- この空模様から見ると、もうすぐ雨が降るにちがいないね。

  看這個天空的樣子，一定很快就要下雨了。

2. ついでに　順便～

「動詞辭書形／動詞た形／第III類動詞語幹／名詞＋の＋ついでに」表示做
某主要動作時，順便做另一動作。

- 部屋を大掃除するついでに、いらない物も全部捨てましょう。

  趁著把房間大掃除時，順便把不需要的東西也丟掉吧。

- 買い物に行ったついでに、妻に花を買って帰ろう。

  去買東西時，順便買花回家給太太吧。

- 帰省のついでに、地元の友達にも会ってきた。

  趁著回老家的時候，順便見了當地的朋友。

基礎敬語

基本禮儀

辦公室大小事

故障？そのまえに

PLAY ALL | TRACK 69

川上和鈴木發現印表機的問題了，兩個人在想要怎麼處理才好……

川上： この用紙トレー[1]、紙の入れ過ぎでしょ。

這個紙匣放太多紙了吧。

鈴木： 本当だね。こんなにたくさん入れていたら、詰まる[2]に決まってる[1]よ。

真的。放這麼多的話，一定會卡紙啊。

 重點單字

1. **用紙トレー** ⑤【名】紙匣

• 用紙トレーに紙を補填します。

在紙匣裡補充紙張。

2. **詰まります** ④【動Ｉ自】阻塞、卡紙

• アレルギー性鼻炎で鼻が詰まっています。

因過敏性鼻炎而鼻塞。

川上：奥のほうは紙の破片だらけだよ。これは、故障というよりメンテナンス[3]不足だね。

紙匣深處都是紙張碎片啊。這個與其說故障，不如說是欠缺保養啊。

鈴木：そんなに奥のほうだと、掃除しようにも掃除できない[2]よね。

那麼裡面的話，想清理也沒辦法吧。

川上：そうだね。これはもう、業者さんに電話するほかないと思うわ。

是啊。這個我覺得只能打電話連絡廠商了。

鈴木：じゃあ、私は一旦[4]課長に報告するから、川上くんは業者さんに電話してみてくれる？

那麼，我先跟課長報告一下，你可以幫我打給廠商看看嗎？

---

3. メンテナンス ①【名】保養、維護
  • 明日はエレベーターのメンテナンスを行う。
  明天要進行電梯保養。

4. 一旦 ⓪【副】姑且、暫時
  • 休職の件は一旦保留にしてください。
  留職的事請先暫時保留一下。

川上：了解。

（業者に電話をする）（打電話給廠商）

いつも大変お世話になっております、旭商事の川上と申します。実は[5]複合機の調子が悪く紙詰まりが頻発しているので、一度メンテナンスのために弊社までお越しいただけませんでしょうか。はい。では、お待ちしております。よろしくお願いいたします。

了解。

您好，我是旭商事的川上。因為多功能印表機的狀況不佳，常常卡紙，所以可以請您到敝公司保養機器嗎？是的。那麼，我等您過來，麻煩您了。

鈴木：どうだった？

結果如何？

川上：今からすぐ来てくれるってさ。これで問題は解決しそうだね。

廠商說他現在馬上過來。這樣問題應該就可以解決了吧。

5. 実は ②【副】其實

• 実は長年、健康に問題を抱えています。

　其實我多年來都有健康問題。

 學習焦點

1. 〜に決まっている 一定〜

「普通體＋に決まっている」表達說話者對於某事物深信不疑，用於斷定某事時，口語時常用「〜に決まってる」。

- 毎日ジャンクフードを食べ続けていたら、
  太るに決まっているよ。

  每天一直吃垃圾食物的話，一定會發胖啊。

- そんなひどいことをされたら、彼女も怒るに決まってるよ。

  碰到那麼過份的事，她一定也會生氣啊。

  你也可以這樣說：

  そんなひどいことをされたら、彼女は 絶対に怒ります よ。

  碰到那麼過份的事，她一定也會生氣啊。

2. 〜ようにも〜ない 想〜也不能

「動詞意向形＋にも＋動詞可能形的ない形」表示雖然想要做某件事，但是因為情況不允許，而不能做。帶有無奈的語意。在「〜ない」處需使用動詞的可能形。

- 部長 にはいつもお世話になっているから、飲みに行こうと
  いう誘いを 断ろうにも 断れなかった。

  因為總是受到部長的照顧，所以被邀約去喝酒時，想拒絕也拒絕不了。

  你也可以這樣說：

  部長 にはいつもお世話になっているから、飲みに行こうと
  いう誘いを 断りたくても 断れ ませんでした 。

  因為總是受到部長的照顧，所以被邀約去喝酒時，想拒絕也拒絕不了。

わからないことを教えてもらいたい時は

有疑問想請教他人時

若發生了感到困擾或疑問的事，想請求他人協助時，應該要如何開口呢？以下介紹向他人請教時的實用句。

情境一 ### わからないから教えてほしい
因不懂而請教他人

實用句：
すみません、教えていただきたいことがあるのですが、よろしいでしょうか。

川上（かわかみ）：すみません、教えていただきたいことがあるのですが、よろしいでしょうか。
不好意思，我有件事想向您請教，不知道方不方便呢？

佐藤： ええ、もちろんですよ。どうしたんですか。

嗯嗯，當然好啊。怎麼了呢？

川上： FAX の送り方がわからないのですが……。

我不太清楚傳真機的傳真方式……。

實用句：
どのようにすればいいか教えていただけませんか。

鈴木： すみません、 FAX の送り方なんですが、どのようにすればいいか教えていただけませんか。

不好意思，關於傳真的方式，能請您教我一下怎麼操作嗎？

佐藤： ええ、もちろんですよ。まず、このボタンを押してください。

嗯嗯，當然好啊。首先，請先按這個按鈕。

情境二 困ったので助けてほしい
感到困擾而尋求協助

> **實用句：**
> すみません、お力添えいただきたいことがあるのですが、よろしいでしょうか。

川上： すみません、お力添えいただきたいことがあるのですが、今よろしいですか。

不好意思，我有件事想請您協助，不知道現在方不方便呢？

佐藤： ええ、構いませんよ。どうしたんですか。

嗯嗯，可以喔。怎麼了嗎？

川上： 実は、コピー機が壊れてしまって……。

其實是印表機壞掉了……。

實用句：
ご無理でなければ、お力添えをいただけない
でしょうか。

鈴木： コピー機が壊れてしまったんです。ご無理でな
ければ、お力添えをいただけないでしょうか。
影印機壞掉了。如果不勉強的話，可以請您幫忙嗎？

佐藤： ええ、構いませんよ。何をお手伝いしたらいい
ですか。
嗯嗯，可以喔。我可以怎麼幫忙呢？

コピー機のここ、なんと呼ぶ？

影印機的這裡，要怎麼說呢？

1. 操作部（タッチパネル）③（④）
控制區(觸控面板)

2. 前カバー ③ 前門開關

3. 用紙トレー（用紙カセット）
⑤（⑤）紙匣

4. 手差しトレー ⑤ 手送紙盤

5. 通風口 ⑥ 通風口

基礎敬語　基本禮儀　辦公室大小事

6. 原稿カバー ⑤/
　　（げんこう）

　　フィーダー ⑩ 原稿蓋門

7. 原稿ガラス ⑤ 原稿畫板
　　（げんこう）

8. 本体トレー ⑥ 接紙盤
　　（ほんたい）

9. 主電源スイッチ ⑦ 主電源開關
　　（しゅでんげん）

10. 印刷用紙 ⑤ 影印紙
　　（いんさつようし）

11. トナー ① 碳粉匣

小テスト

しょう

請填入適當的答案。

○ 1. スマートフォンには様々な ＿＿＿ があるけど、
さまざま
使いこなせません。
つか

    Ⓐ 才能　　　　　　　　　Ⓑ 機能
    さいのう　　　　　　　　きのう
    Ⓒ 作用　　　　　　　　　Ⓓ 効果
    さよう　　　　　　　　こうか

○ 2. 10人分の会費を ＿＿＿ 支払うことにしました。
じゅう にんぶん　かいひ　　　　　しはら

    Ⓐ まとめれ　　　　　　　Ⓑ まとまり

    Ⓒ まとめて　　　　　　　Ⓓ まとまるで

○ 3. 湿度の高いところでパソコンを使うと、
しつ ど　たか　　　　　　　　　　つか
＿＿＿ かもしれません。

    Ⓐ 故障する　　　　　　　Ⓑ 故障
    こ しょう　　　　　　　こ しょう

    Ⓒ エラー　　　　　　　　Ⓓ エラーする

○ 4. アレルギー性鼻炎のせいで、鼻が ＿＿＿ 息ができない。
せい び えん　　　　　　 はな　　　　　いき

    Ⓐ 詰まらず　　　　　　　Ⓑ 詰まりで
    つ　　　　　　　　　　 づ

    Ⓒ 詰まるで　　　　　　　Ⓓ 詰まって
    つ　　　　　　　　　　 つ

○ 5. 車も家も、半年に一度は ＿＿＿ をしたほうがいいですよ。
くるま　いえ　　はんとし　いちど

    Ⓐ メンテナンス　　　　　Ⓑ メインテイン

    Ⓒ メイクセンス　　　　　Ⓓ フィードバック

☐ *6.* 地震の後は、津波に ＿＿＿ 火事にも 注意が必要です。

   Ⓐ かんして　　　　　Ⓑ かかわらず

   Ⓒ いたって　　　　　Ⓓ くわえて

☐ *7.* 複合機のメンテナンス方法に ＿＿＿ は、担当者に
お問い合わせください。

   Ⓐ かんする　　　　　Ⓑ かんして

   Ⓒ つきます　　　　　Ⓓ ついたら

☐ *8.* 山田さんは今年大活躍したから 出世するに ＿＿＿ 。

   Ⓐ ちがった　　　　　Ⓑ ちがうな

   Ⓒ ちがわない　　　　Ⓓ ちがいない

☐ *9.* 営業部に ＿＿＿ 経営企画部は人数が少ない。

   Ⓐ くらべて　　　　　Ⓑ かわって

   Ⓒ ついて　　　　　　Ⓓ はんして

☐ *10.* あんなに経費を使ったら、部長に怒られるに ＿＿＿ よ。

   Ⓐ きまるだ　　　　　Ⓑ きまった

   Ⓒ きまりだ　　　　　Ⓓ きまってる

解答 1Ⓑ 2Ⓒ 3Ⓐ 4Ⓓ 5Ⓒ 6Ⓓ 7Ⓑ 8Ⓓ 9Ⓐ 10Ⓓ

機械故障：印表機壞掉了 ● 小試身手

3-5

残業
　ざん　ぎょう

加班

納期が迫っています。
交期緊迫。

本当に助かる。
真是幫了大忙。

心苦しいばかりです。
感到很抱歉。

家に持ち帰って仕事することもあります。
也曾把工作帶回家做。

会話 ① 工作做不完

かいわ

仕事が終わらない
しごと　　　　お

PLAY ALL | TRACK 72

川上正在加班。佐藤前輩見狀後
決定來幫忙……

佐藤（さとう）： 川上（かわかみ）くん、今日（きょう）もまた残業[1]（ざんぎょう）になりそうですか。

川上，今天看來又需要加班了嗎？

川上（かわかみ）： ええ。データの納期[2]（のうき）が迫って[3]（せま）いるので、まだ帰（かえ）る
わけにはいかない[1]んです。

是。因為檔案的交期快到了，所以我還不能回去。

重點單字

1. 残業（ざんぎょう） ⓪【名】加班

- 残業（ざんぎょう）はなるべくしない
ようにしてください。

請儘量不要加班。

2. 納期（のうき） ①【名】交貨期限

- 商品（しょうひん）の納期（のうき）は必（かなら）ず守（まも）って
ください。

請一定要遵守商品的交貨期限。

基礎敬語　基本禮儀　辦公室大小事

佐藤：最近残業が続いているようなので、少し心配ですよ。

你最近好像一直加班，我有點擔心。

川上：そうですね。確かに少し疲れがたまって⁴きたかも
しれません。

是啊。的確也許累積了一些疲勞。

佐藤：課長に仕事を減らしてもらうように言ってみては
どう？

是否跟課長商量看看減少一些工作量？

川上：仕事量というより²、私の作業効率の問題だと思い
ます。とにかく⁵間に合わせないと。

比起工作量，我認為是我工作效率的問題。總之必須在期限內完成才
行。

佐藤：残業するにしても一人でやると効率が悪いでしょう。
私も手伝いますから、分担してやりましょう。

就算要加班，一個人做的話效率也不佳吧。我也來幫忙，幫你分擔吧。

---

3. 迫ります ④【動|自】迫近
• 原稿の締切り日が迫ってきた。
原稿的截止日期快到了。

4. たまります ④【動|自】累積
• 夏休みのせいで仕事がたまって
いる。
因為放暑假的關係，而累積了一些工作。

川上： ありがとうございます。この借りは必ずお返し
　　　します。

謝謝您。我一定會回報您的恩情。

佐藤： 気にしないで。協力して早く済ませてしまい
　　　ましょう。

別在意。我們互相幫忙，趕快處理完吧。

5. とにかく ①【副】無論如何

• 人生はとにかく楽しむことが
　大事だ。

無論如何享受人生是很重要的。

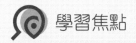學習焦點

1. ～わけにはいかない　不能～

「動詞辭書形＋わけにはいかない」表示雖然心裡想做，卻因不合理或不可抗力之阻礙，而無法實踐。

- 風邪を引いているが、今日は大事な会議があるので
  休むわけにはいかない。

  雖然感冒了，但今天有重要的會議，所以無法請假。

  你也可以這樣說：

  風邪を引いているが、今日は大事な会議があるので
  休む ことができない 。

  雖然感冒了，但今天有重要的會議，所以無法請假。

- 知らない人と話すのは苦手だが、営業職なので話さないわけ
  にはいかない。

  雖然我不擅長跟陌生人談話，但因為我從事業務工作，所以不得不這麼做。

- -

2. ～というより　與其說～，不如說～

「というより」前項接續想對其做評論的內容，表示對於該內容，後項所述更為適切。

- この仕事は彼に向いているというより、彼にしかできない
  仕事だと思う。

  與其說這份工作適合他，還不如說這是只有他才能做的工作。

- 旅行に行きたくないというより、お金がなくて行けないんです。

  與其說是不想去旅行，其實是沒錢，所以無法去。

- 彼女を作らないというより、仕事が忙しくて作る時間が
  ないのだ。

  與其說他不交女朋友，不如說是因工作太忙碌而沒有時間交女朋友。

会話 ❷ 和同事一起加班

かい わ

同僚と残業
どう りょう　ざん ぎょう

PLAY ALL | TRACK 73

川上跟鈴木在辦公室談話。鈴木
幫忙川上一起加班……

川上：鈴木さんまで¹ 手伝ってくれるなんて、本当に
かわかみ　すず き　　　　て つだ　　　　　　　　　　ほん とう
助かる¹ よ。
たす

連妳也來幫忙，真的幫了我大忙了。

鈴木：先輩の佐藤さんまで残業しているんだから、
すず き　せんぱい　さ とう　　　　　ざんぎょう
手伝わないわけにはいかないよ。
て つだ

畢竟連佐藤前輩都在加班了，我怎麼能不幫忙呢？

重點
單字

1. 助かります ⑤【動Ⅰ自】幫了忙、得救
たす

• あなたの助言のおかげで
じょげん
助かりました。
たす

多虧有你的建議，幫了我大忙。

川上： ごめんね。最近は特にスケジュールに気をつけて
いたのにな。

真對不起。我明明最近特別注意工作進度了啊。

鈴木： 最近、朝も早めに来て仕事していたもんね。

最近你早上也都提早來工作對吧。

川上： それでもやっぱり同僚に迷惑をかける結果に
なっちゃったよ。

即使如此，結果我還是給同事添麻煩了。

鈴木： 繁忙期 ² はイレギュラー ³ もたくさん発生するし、
仕方がないと思うよ。気にしないで。

旺季時經常會發生許多突發狀況，這也是沒辦法的。你別太在意。

川上： ありがとう。それにしても、丁寧にやればやるほど
時間がなくなっていく ² から悩むよ。

謝謝。不過話說回來，做得越仔細，時間越不夠用啊，真傷腦筋。

---

2. **繁忙期** ③【名】旺季
  • 今年も繁忙期が終わり、
    閑散期に入る。
    今年的旺季也結束了，進入淡季。

3. **イレギュラー** ②【名】突發狀況
  • イレギュラーの仕事にも
    対応します。
    也需應對突發性的工作。

鈴木：わかる。せめて[4]ルーティンワークがもう少し簡略化

できたらいいんだけどね。

我懂。至少例行公事可以簡化一些的話就好了。

川上：仕事の効率を上げることは、サラリーマンの永遠の

課題[5]だね。

提升工作效率真是上班族永遠的課題呢。

重點單字

4. せめて ① 【副】 至少

- 頑張ったので、せめて入賞

くらいはしたい。

因為很努力，所以至少想得個獎。

5. 課題 ⓪ 【名】 課題、挑戰

- 人材の確保が当面の課題です。

保有人才是當前的課題。

1. まで 連～

「名詞 / 第 III 類動詞語幹 + まで」以舉出非常極端的例子，來表示連前項事物都如此了，更不用說其他了，用於強調事物程度之甚。

- 大変な失敗を犯して、家族にまで信頼されなくなった。

  犯了非常嚴重的錯誤，結果連家人都不信任我了。

- ひどいことを口にしたため、あんな大人しい人まで怒らせてしまった。

  因為我說了很過分的話，所以連那麼溫和的人都激怒了。

- 彼女は言語が得意で、アラビア語まで自在に操る。

  她語言能力很好，連阿拉伯語都能對談如流。

2. ～ていく 變得～

「動詞て形 + いく」，表示事物從現在開始持續改變之意，前面多接續帶有變化的動詞。

- 昇進すればするほど、責任の重い仕事が増えていく。

  職位越升越高，責任重的工作也跟著增加。

- 少子高齢化が進む中、若者の負担もだんだん重くなっていく。

  在少子化及高齡化持續進行當中，年輕人的負擔也變得越來越重。

- 結婚したら、生活もどんどん変わっていくだろう。

  結婚之後，生活也會漸漸產生很多改變吧。

会話 ③ 儘量少加班

<ruby>会話<rt>かいわ</rt></ruby>

残業は少なめに

<ruby>残業<rt>ざんぎょう</rt></ruby>は<ruby>少<rt>すく</rt></ruby>なめに

🛰 PLAY ALL | TRACK 74

佐藤和川上兩人在辦公室。佐藤幫忙川上加班之餘，也給了他一些建議……

<ruby>佐藤<rt>さとう</rt></ruby>：<ruby>鈴木<rt>すずき</rt></ruby>さんも<ruby>手伝<rt>てつだ</rt></ruby>ってくれたおかげで[1]、<ruby>相当<rt>そうとう</rt></ruby>[1]<ruby>早<rt>はや</rt></ruby>く<ruby>終<rt>お</rt></ruby>わらせることができましたね。

多虧鈴木也來幫忙，很快就把工作完成了呢。

<ruby>川上<rt>かわかみ</rt></ruby>：はい。でも、<ruby>僕<rt>ぼく</rt></ruby>のせいで[2]お<ruby>二人<rt>ふたり</rt></ruby>に<ruby>残業<rt>ざんぎょう</rt></ruby>させてしまって、<ruby>本当<rt>ほんとう</rt></ruby>に<ruby>心苦<rt>こころぐる</rt></ruby>しいばかりです。

是啊。但是因為我的關係害兩位加班，我真的感到非常抱歉。

重點單字

1. <ruby>相当<rt>そうとう</rt></ruby> ⓪【副】相當地

• <ruby>彼<rt>かれ</rt></ruby>は<ruby>相当困<rt>そうとうこま</rt></ruby>っているようです。

他看起來相當困擾的樣子。

2. なかなか ⓪【副】相當地

• <ruby>彼<rt>かれ</rt></ruby>はなかなか<ruby>立派<rt>りっぱ</rt></ruby>な<ruby>青年<rt>せいねん</rt></ruby>だ。

他是個相當優秀的年輕人。

佐藤：「働き方改革」とはいうものの、やっぱり定時に帰るのはなかなか[2]難しいですよね。

雖說「工作改革」，但想要準時下班真是相當困難啊。

川上：そうですね。上からは無駄をなくして作業効率を上げろとうるさく[3]言われますが、限界がありますよ。

對啊。雖然常被主管耳提面命說要減少不必要的事、提升工作效率等等，但那是有限的。

佐藤：ノー残業デーでも結局家に持ち帰って[4]仕事することもありますしね。

即便是不加班日，結果偶爾還是會把工作帶回家處理。

川上：え！それって、ノー残業デーの本来の意味に反していませんか。

咦！那樣不是違反不加班日的本義嗎？

---

3. うるさい ③【い形】囉嗦的、煩人的

• 新聞記者にうるさくつきまとわれる。

我被報章記者煩人地糾纏著。

佐藤： 川上くんの言うとおりです。私も気をつけないと
いけませんね。

你說得沒錯。我也要多加注意呢。

川上： 健康のためにも、残業はほどほどに[5]したほうがよさ
そうですね。

為了身體健康，加班也要適可而止為上策呢。

---

4. 持ち帰ります ⑥【動I他】帶回家

- 終わらなかった仕事を家に
持ち帰る。

把沒做完的工作帶回家。

5. ほどほどに ⓪【副】適度地

- あなたも言い訳はほどほど
にしたほうがいい。

你要找藉口也適可而止比較好。

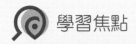

1. 〜おかげで 多虧〜

「普通體 / 名詞の＋おかげで」用於對前項名詞或行為表達感謝。

- 先生のおかげで、検定試験に合格できました。

  多虧老師的指導，我通過了檢定考試。

- 君が資料をまとめてくれたおかげで、新書の執筆はより

  スムーズに書き上げることができたよ。

  多虧有妳幫我整理資料，我才能順利地寫完新書。

- おかげさまで、トラブルが無事に解決しました。

  託您的福，突發狀況順利解決了。

2. 〜せいで 都怪〜

「普通體 / 名詞の＋せいで」表示因前項名詞或其所做之行為，而導致不好的結果。多用於表達負面的原因、理由。

- あなたが余計な事を言ったせいで、商談が破綻したんですよ。

  都怪你多嘴，交易談判破局了啊。

- 雨のせいで、楽しみにしていたイベントがキャンセルに

  なった。

  都怪下雨的關係，期待已久的活動被取消了。

- 強風のせいで、飛行機の出発時間が遅延しました。

  都怪強風的影響，飛機的起飛時間延遲了。

知っておくべき！

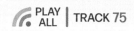

基礎敬語

基本禮儀

辦公室大小事

今日はお先に帰ります！

今天我先下班了！

「雖然已經過了下班時間，但上司和前輩都還在工作……」、「但自己的工作已經做完了，差不多可以回去了吧……」、「總覺得很難下班……」，在此要介紹一句讓人在提早下班時，能自在地離開公司的句子。

「今日の仕事は終わったんですが、他に何かお手伝いできることはありますか」
(雖然今天的工作結束了，但還有其他什麼可以幫忙的事嗎？)

其實只要多加這一句話就可以讓人自在地下班！雖然使用這個句子後，可能會被託付其他工作，但只要沒有非常緊急的工作，通常都會被說「特にないから今日は帰っていいよ」(沒有什麼特別要做的事，你今天可以回去了喔。) 如此一來，比起小聲打招呼後悄悄地離開辦公室，讓人能夠更加心情愉快地下班。

川上：課長、今日の報告なんですが、少しお時間よろしいですか。

課長，想向您做今日匯報，可以耽誤您一點時間嗎？

課長：いいですよ。どうぞ。

可以喔。請說。

川上：……以上です。今日の仕事は全て終わりましたが、他に何かお手伝いできることはありますか。

……以上報告完畢。今天的工作全部完成了，還有其他什麼事需要幫忙嗎？

課長：特に急ぎの用はないので、上がってもらっていいですよ。お疲れさま。

沒有特別緊急的事，所以你可以下班了喔。辛苦了。

川上：それではお先に失礼いたします。お疲れさまでした。

那麼我就先告辭了。您也辛苦了。

読んでみよう！

オフィス内の外来語
辦公室的外來語

在日本，有很多外來語會直接以片假名書寫，而當作商業用語使用。以下介紹一些在辦公室經常使用的外來語。

外來語	語源
データ 作為判斷依據的資料或情報	data
プライオリティ 優先順序高的事物	priority
スケジュール 預定、行程表	schedule
タイムカード 記錄上下班時間的卡片	time card
ルーティン 例行公事	routine

基礎敬語

基本禮儀

辦公室大小事

イレギュラー 突發狀況	irregular
アジェンダ 會議事項、議程	agenda
エビデンス 證據	evidence
オージェーティー ＯＪＴ 員工訓練	on-the-job training
コンプライアンス 合乎法律規定	compliance
サマリー 概要、摘要	summary
セキュリティ 安全措施、保密性	security
ピーディーシーエー ＰＤＣＡ サイクル 訂立計畫、立即執行、檢查與檢驗、 總結後再次行動	plan,do,check,action
ビートゥービー Ｂ２Ｂ 企業對企業間的交易	business to business
フィードバック 參考結果之後修正，做出更適合的計畫	feedback
フィックス 決定日期時間、價格、場所等等	fix
ブラッシュアップ 精益求精	brush-up

外來語	語源
プレゼン （プレゼンテーション） 向他人說明、作簡報	presentation
ブレスト （ブレインストーミング） 腦力激盪	brainstorming
ペイ 報酬、付款、利潤	pay
ペンディング 保留	pending
マイルストーン 里程碑、中繼點	milestone
マネタイズ 從事業中獲取利益的結構、利益化	monetize
メソッド 方法、方式	method
ユーザー 消費者、使用者	user
リスクマネジメント 風險管理	risk management
ボトルネック 瓶頸，或指影響作業進度或效率的困境	bottleneck

NOTE

讀一讀！● 職場日語專欄

基礎敬語

基本禮儀

辦公室大小事

請填入適當的答案。

1. 決められた勤務時間の後に残って、更に仕事をすることを ＿＿＿ といいます。

　Ⓐ 超過　　　　　　　　Ⓑ 残業

　Ⓒ サービス　　　　　　Ⓓ オーバー

2. 納期が ＿＿＿ ので、これからみんなで協力してがんばろう。

　Ⓐ 迫った　　　　　　　Ⓑ 迫る

　Ⓒ 迫っていた　　　　　Ⓓ 迫っている

3. 業務が忙しくなる時期のことを ＿＿＿ といいます。

　Ⓐ 繁忙期　　　　　　　Ⓑ 業忙期

　Ⓒ 忙碌期　　　　　　　Ⓓ 閑散期

4. 彼は子供のころから書道を続けているだけあって、 ＿＿＿ の腕前ですよ。

　Ⓐ ほどほど　　　　　　Ⓑ なかなか

　Ⓒ まあまあ　　　　　　Ⓓ なあなあ

5. ゲームも ＿＿＿ にしておかないと、目が悪くなってしまうよ。

　Ⓐ ほどほど　　　　　　Ⓑ なかなか

　Ⓒ まあまあ　　　　　　Ⓓ なあなあ

6. 練習すればする ＿＿＿、日本語の会話がうまくなります。

    Ⓐ とは   Ⓑ つれ

    Ⓒ なら   Ⓓ ほど

7. 彼と結婚する ＿＿＿ まだまだ先の話ですよ。

    Ⓐ にしたら   Ⓑ にしても

    Ⓒ にすれば   Ⓓ にそって

8. 財布を忘れただけではなく、携帯電話 ＿＿＿ 忘れて
しまった。

    Ⓐ まい   Ⓑ まま

    Ⓒ まで   Ⓓ まじ

9. 中国語が話せる ＿＿＿、ホテルのフロントの仕事を
見つけることができました。

    Ⓐ おかげで   Ⓑ おそれで

    Ⓒ おりに   Ⓓ おかげさまで

10. 昨晩夜ふかしした ＿＿＿ 寝坊したし、電車にも乗り遅れて
しまった。

    Ⓐ かもで   Ⓑ おかげに

    Ⓒ たびに   Ⓓ せいで

解答 1Ⓑ 2Ⓓ 3Ⓐ 4Ⓑ 5Ⓐ 6Ⓓ 7Ⓑ 8Ⓒ 9Ⓐ 10Ⓓ

加班 ● 小試身手

《職場日語即戰力：敬語 + 對話禮儀 + 辦公室會話》讀者回函卡

謝謝您購買本書，請您填寫回函卡，提供您的寶貴建議。如果您願意收到 LiveABC 最新的出版資訊，請留下您的 e-mail，我們將寄送 e-DM 給您。

歡迎加入 LiveABC 互動英語粉絲團，天天互動學英語，請上 FB 搜尋「LiveABC 互動英語」，或是掃瞄 QR code。

[QR code]

姓名		性別 □男 □女
出生日期	年　月　日	聯絡電話
E-mail	□ 我願意收到 LiveABC 出版資訊的 e-DM	
學歷	□國中以下　□高中 □大專及大學　□國中 □研究所	
職業	□學生　□資訊業　□工　□商 □服務業　□軍警公教 □其他 _____　□自由業及專業	

您以何種方式購得此書？
□書店　□網路　□其他 _____

您覺得本書的價格？
□書名　□偏低　□合理　□偏高

您對本書的評價
	書名	封面	內容	編排	紙張
很滿意	□	□	□	□	□
還不錯	□	□	□	□	□
普通	□	□	□	□	□
不滿意	□	□	□	□	□
很後悔	□	□	□	□	□

您希望我們製作哪些學習主題？

您對我們的建議：

縣 市

市 區
鄉 鎮

村 里
路 街

段

鄉 巷

弄

號

樓

室

希伯崙股份有限公司客戶服務部 收

英語數位學習第一品牌

出版品預行編目 (CIP) 資料

職場日語即戰力:敬語+對話禮儀+辦公室會話 /
志方優, 山上祥子著.

—— 初版 . —— 臺北市：希伯崙公司 , 2020. 04
　面 ；　公分

ISBN 978-986-441-377-5（平裝）

1. 日語　2. 職場　3. 會話

803. 188　　　　　　　　　　　　109004188

電腦互動學習軟體 下載安裝說明

Step1 請上網下載管理軟體（管理軟體僅需下載一次，如已下載請直接跳至 Step3）

請至下方網站下載管理軟體，下載後執行安裝 (限 Windows 系統電腦安裝使用)

http://ied.liveabc.com

點此下載

Step2 下載完成後，請執行管理軟體

下載完成後點選執行檔即自動開啟管理軟體，並於桌面建立捷徑。

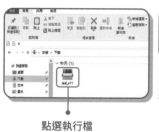

LiveABC下載管理程式

安裝完成後可至桌面捷徑點選開啟

點選執行檔

Step3 開啟管理軟體後，登入下方卡片上的序號下載本書電腦互動學習軟體

請填入卡片上的序號，再按下確認即可開始下載本書電腦互動學習軟體

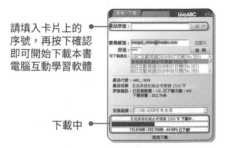

下載中

電腦互動學習軟體下載序號卡

注意事項

- 次數限制：總共可安裝於 2 台電腦，共可下載安裝 6 次

電腦影音互動
下載序號卡

一鍵下載隨時隨地學好語言
僅限適用於Windows系統

LiveABC
英語數位學習第一品牌

0550016

Step4 執行電腦互動學習軟體，開始學習

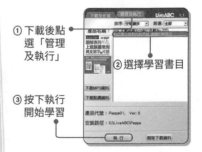

① 下載後點選「管理及執行」

② 選擇學習書目

③ 按下執行開始學習